NHKオトナヘノベル

SNS炎上

NHK「オトナヘノベル」制作班 編

金の星社

NHKオトナヘノベル

SNS炎上

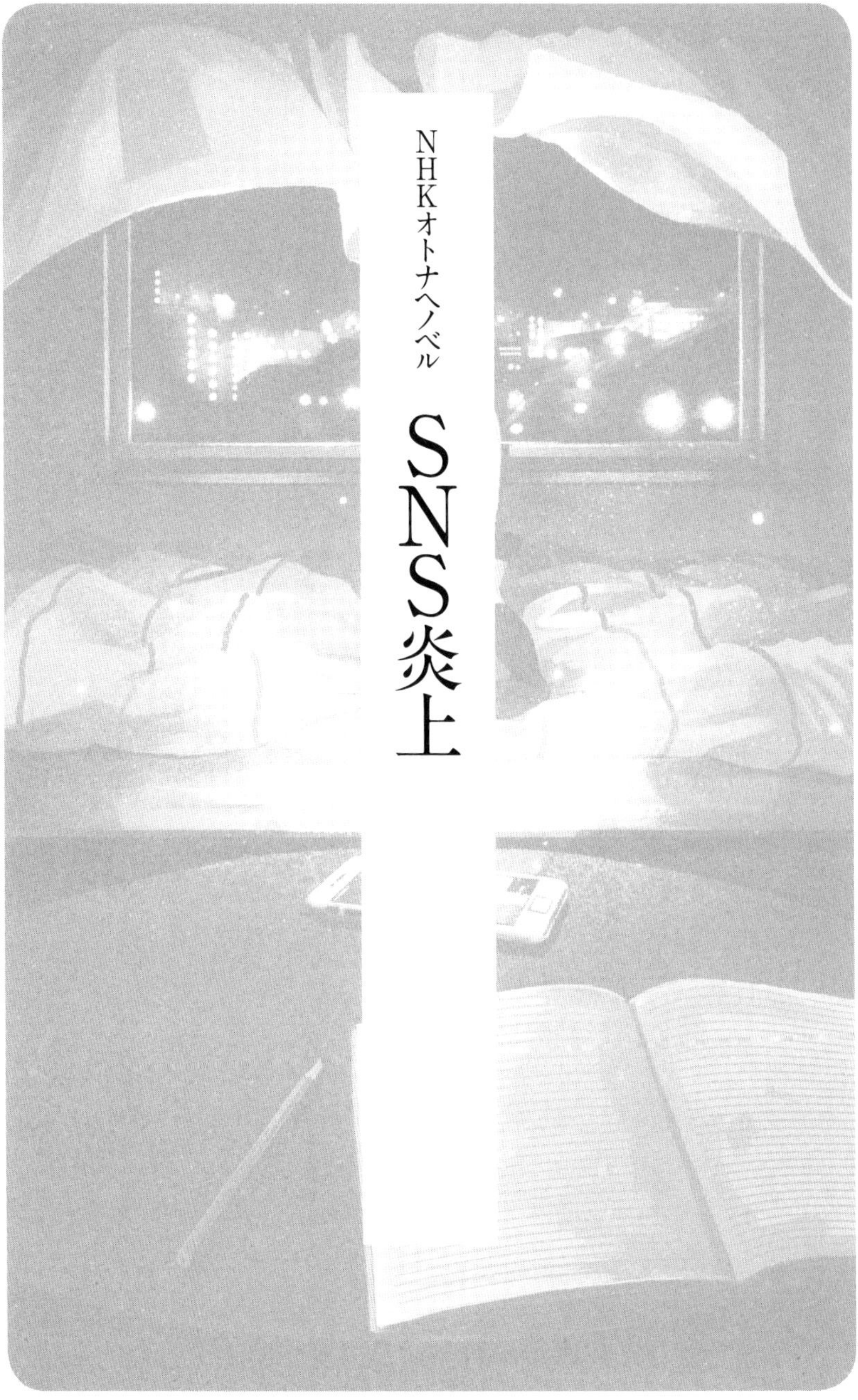

本書は、NHK Eテレの番組「オトナヘノベル」で放送されたドラマのもとになった小説を、再編集したものです。

番組では、おもに十代の若者《わかもの》が悩《なや》んだり困《こま》ったり、不安に思ったりすることをテーマとして取り上げ、それに答えるような展開《てんかい》のドラマを制作しています。人が何かに悩《なや》んだとき、それを親にも友だちにも、また学校の先生にも相談しにくいことがあります。そんな悩《なや》み事《ごと》を取り上げて一緒《いっしょ》に考え、解決にみちびく手がかりを見つけだそうとするのが「オトナヘノベル」です。

取り上げるテーマは、男女の恋愛《れんあい》や友人関係、家族の問題、ネット上のトラブルなどさまざまです。この本では、「**カップル動画**」「**ネット炎上**」をテーマとした作品を集めました。いずれもNHKに寄せられた体験談や、取材で集めた十代の声がもとになっているので、視聴者《しちょうしゃ》のリアルな体験が反映《はんえい》されています。

もくじ

著者紹介

長江 優子（ながえ ゆうこ）

東京都生まれ。武蔵野美術大学卒業。構成作家、児童文学作家。『タイドプール』で第47回講談社児童文学新人賞佳作を受賞。ほかに『ハンナの記憶 I may forgive you』『木曜日は曲がりくねった先にある』『ハングリーゴーストとぼくらの夏』『百年後、ぼくらはここにいないけど』（いずれも講談社）などの著書がある。

如月 かずさ（きさらぎ かずさ）

群馬県生まれ。『サナギの見る夢』（講談社）で講談社児童文学新人賞佳作、『ミステリアス・セブンス―封印の七不思議』（岩崎書店）でジュニア冒険小説大賞、『カエルの歌姫』（講談社）で日本児童文学者協会新人賞を受賞。ほかに『シンデレラウミウシの彼女』（講談社）、「パペット探偵団事件ファイル」シリーズ（偕成社）などの著書がある。

鎌倉 ましろ（かまくら ましろ）

長野県生まれ、千葉県在住。著書に『小説なかよしホラー　絶叫ライブラリー 悪魔のログイン』（講談社）がある。

また、樫崎茜名義での作品に、『ボクシング・デイ』『満月のさじかげん』『ぼくたちの骨』『声をきかせて』（いずれも講談社）など。近著、アンソロジー小説『あまからすっぱい物語 3 ゆめの味』（小学館）に「その夏の、与之丞」が掲載されている。

切りとられた恋《こい》

長江優子

1　スマイルラブ・チャンネル

始業式の朝。

三戸《みと》凛子《りんこ》は全速力で自転車のペダルをこぎながら、青草がゆれる川べりの道を走っていた。

今日から高校二年生。クラスはD組。先に登校した友だちから、「緊急《きんきゅう》速報。凛子《りんこ》は颯真《そうま》と同じクラス」とメールが来て、あわてて家を出た。

水野《みずの》颯真《そうま》は凛子《りんこ》の彼氏《かれし》だ。顔面偏差値《へんさち》七十オーバー。身長百七十八センチ。サッカー部所属。颯真《そうま》は一年生のときから目立っていた。入学してすぐに美人の同級生とつきあいだして、その子と別れたというウワサが流れたのが、その年の九月。

そこから凛子《りんこ》の地道な恋愛《れんあい》活動が始まった。

颯真《そうま》と同じ体育委員になって接近。用事を見つけては、颯真《そうま》のクラスに行って自己《じこ》アピール。体育祭のあと、颯真《そうま》をふくめた数人の体育委員たちとカラオケに行って、その後も定期的にグループデートをかさねた。そして、ついに二人きりでのデート。

二度目のデートのとき、颯真《そうま》のほうから「つきあってほしい」と告白してきた。

種をまいてから花が咲《さ》くまで、約三か月。凛子《りんこ》の努力が実った瞬間《しゅんかん》だった。


「早く行かなくちゃ」

凛子《りんこ》は自転車のハンドルをにぎりしめた。

早く颯真《そうま》に会いたい。一分一秒でも長く一緒《いっしょ》にいたい。

凛子《りんこ》はくちびるについた髪《かみ》をはらって、学校をめざした。


二年D組の教室に入ると、颯真《そうま》が先に来ていた。

教室の後ろの掃除《そうじ》用具入れによりかかって、女の子とおしゃべりしている。

（あっ、大野《おおの》さんだ。B組になったはずなのに、どうしてここに？）

大野静《おおのしず》さんは一年生のとき、颯真《そうま》と同じクラスだった子だ。そして、凛子《りんこ》が颯真《そうま》に会いにいくと、きまってにらんできた子である。

「おうっ」

颯真《そうま》は凛子《りんこ》に気づくと、組んでいた腕《うで》をほどいて右手をあげた。こっちに来てくれるかと思ったら、そのまま大野《おおの》さんとしゃべっている。

（なに、あの態度？）

そのとき、「席、どこでもすわっていいんだって」と声がした。振《ふ》り向《む》くと北川小《きたがわこ》春《はる》がいた。

「あっ、小春《こはる》ちゃん。今年も同じクラスだね」

「うん。よろしくね」

「こちらこそ！　隣《となり》にすわってもいい？」

「もちろん」

朝のホームルームが始まるまで、凛子《りんこ》は颯真《そうま》と大野《おおの》さんを気にかけながら小春《こはる》と話していた。

ほどなくして、ムスカ大佐《たいさ》と呼《よ》ばれている強面《こわもて》教師があらわれた。

「ほら、大野《おおの》！　チャイムが鳴ったのが聞こえなかったのか。早く自分の教室にもどれ！」

ムスカ大佐《たいさ》に怒鳴《どな》られて、大野《おおの》さんがあわてて教室から出ていった。

凛子《りんこ》は心の中で「ムスカ、グッジョブ！」と親指を立てた。

《今日はソーマと同じクラスになれてうれしかった！》

《でも、ほかの子としゃべってて、マジなえた～》

《あたしのソーマ、だれもとらないでねｗｗｗ》

その夜、凛子《りんこ》は颯真《そうま》とつきあい始める前から*ＳＮＳに書いている『リンリンの恋《れん》愛《あい》日記』に、学校でのできごとをアップした。

一分もたたないうちに、見知らぬ人たちからメッセージが届《とど》いた。


――リンリン、元気出して！

――あたしの彼氏《かれし》もモテるから、リンリンの気持ち、すっごくわかります！

――大丈夫《だいじょうぶ》！　自信を持って！

――ソーマ君にあやまってもらったら、気分がスッキリするよ！


たくさんの応援《おうえん》やアドバイス。みんな、凛子《りんこ》の味方だ。メッセージを読んで元気になった。

「んっ？」

＊ＳＮＳ……メッセージのやりとりや、写真の投稿・共有などができる、コミュニティ型のインターネットサービス。

凛子《りんこ》はスマホの画面をスクロールしていた親指を止めた。

――彼氏《かれし》とラブラブなところを「スマチャン」にアップすれば、女子がよりつかなくなるよ！

「スマチャン？」

メッセージの下のURLにタッチすると、「カップル8秒動画『スマイルラブ・チャンネル』」というサイトに飛んだ。

動画がリンクされた小窓《こまど》がたくさんならんでいる。

凛子《りんこ》はその中のひとつを選んで、再生ボタンをタッチした。

miwa《ミワ》の曲『あなたがここにいて抱《だ》きしめることができるなら』が流れる中、何《なん》枚《まい》もの画像が動画のようにゆるやかに切りかわっていく。

手をつないでブランコに乗るカップル。すべり台からおりてきた女の子を下で受け止める彼氏《かれし》。教室の窓辺《まどべ》に立って、夕焼けを見つめる二人。最後はかさねあわせた手の下に「ずっと一緒《いっしょ》にいようね」という文字。

「きゃっ〜、なにこれ、なにこれ!?」

凜子《りんこ》は次々にほかの動画を見た。最初は「はずかしい」「あまずっぱすぎる」と思っていたが、恋愛映画《れんあいえいが》のワンシーンのような動画を立て続けに見ているうちに、心地よい気分になってきた。

「こんなラブラブのカップルに手を出そうなんて、ゼッタイ思わないだろうなぁ……そうだっ、あたしもクリスマスデートのときの写真、のせちゃおっと」

凜子《りんこ》はスマイルラブ・チャンネルのアプリをダウンロードして登録をすませると、颯真《そうま》と一緒《いっしょ》に遊園地のクリスマス・イルミネーションを見にいったときの写真をまとめて、動画サイトに投稿《とうこう》した。

2 最強のカップル

三戸《みと》凜子《りんこ》はおどろいている。

先日投稿《とうこう》したカップル動画に、コメントがたくさん届《とど》いていたのだ。

「颯真《そうま》、見て見て！　あたしたち、ネットですごいことになってるよ！」

「えっ？　……わっ、なんだこれ？」

「スマチャンのカップル動画だよ。クリスマスのときに撮《と》った写真を投稿《とうこう》したんだ。ほら、このコメント見て。『スマチャン史上最強のカップルだね！』だって」

「マジで？　へえ～、オレたちが？　へえ～」

颯真《そうま》は凜子《りんこ》の肩《かた》に腕《うで》をまわして笑った。まんざらでもないようすだ。

「よしっ、もっとがんばっちゃおっと！」

そよ風が吹《ふ》く川岸で、凛子《りんこ》は体育ずわりした自分と颯真《そうま》にスマホを向けた。

「いきまーす！」

カシャッ。

「颯真《そうま》、寝《ね》ころがって」

カシャッ。

「タンポポに顔を近づけて」

カシャッ。

「ヘンな顔して」

カシャッ。

「もっとヘンな顔、プリーズ！」

「凛子《りんこ》もやれよ」

「え～っ？　……キャッ、やめてよ。ちょっとぉ。キャハハッ！」

カシャッ。カシャッ。カシャッ。

その夜、凜子《りんこ》は写真を選ぶと、新たな動画をつくって投稿《とうこう》した。
今回はBGM《ビージーエム》の曲と、ポエムみたいな文章もつけてみた。

春風の中のキミがまぶしくて
だいすき！ってつぶやいた。
この一瞬《いっしゅん》が、あたしの宝物《たからもの》。

最後のカットは、草の上に寝《ね》そべった颯真《そうま》の鼻のてっぺんに、凜子《りんこ》がタンポポの花をのせているところ。うまくいかなくて、何度も撮《と》りなおした写真だ。
動画の投稿《とうこう》が完了《かんりょう》すると、ほどなくしてコメントが届《とど》いた。

――クリスマス・イルミネーションのカップルだ！

――この二人大好き！　彼氏《かれし》かっこいい～！

――うらやましい！　もっと動画アップして！

今回も大成功。

凛子《りんこ》は幸せな気持ちにつつまれた。

そして、『リンリンの恋愛《れんあい》日記』に近況《きんきょう》を書いた。

《あたしの新しい動画、見たひとー？》

《みんな*リプとかいっぱいくれるとうれしいなｗｗｗ》

《ほめられるとメッチャうれしぃ！》

＊リプ……返信。返事。「リプライ（reply）」の略。

《動画のアップ始めてからソーマのまわりの女子が減ったｗｗｗ》

そう。動画の投稿《とうこう》を始めてから、大野《おおの》さんが颯真《そうま》に会いにくる回数がめっきり減った。以前は凛子《りんこ》と目が合うとにらんできたのに、最近の大野《おおの》さんは視線《しせん》をすーっとそらすだけ。

それが動画の影響《えいきょう》なのかはわからないけど、不安の種が消えて、凛子《りんこ》は思いっきり颯真《そうま》とのつきあいを楽しんだ。

❖

北川小春《きたがわこはる》は二年生になって決心した。今度の卓球《たっきゅう》大会で一勝するのだ。なぜなら、小春《こはる》が思いをよせている卓球部《たっきゅうぶ》の先輩《せんぱい》、辻朔矢《つじさくや》が、この大会を最後に引退するからだ。

小春《こはる》の高校の卓球部《たっきゅうぶ》は弱小チームだ。顧問《こもん》は学生時代に卓球《たっきゅう》をかじった程度だし、全国大会をめざすなんて考えている部員もいない。他校からも「あそこの卓球部《たっきゅうぶ》は同好会レベルだから」と、バカにされているほどだ。

でも、先月の市民大会でのこと。部長の川辺《かわべ》先輩《せんぱい》以外、全員が一回戦で敗退したあと、朔矢《さくや》先輩《せんぱい》がボソッとつぶやいた。

「卒業した先輩《せんぱい》もこんな調子だったし、オレらもそれでいいと思ってきた。でも、どうなんだろう。一回くらい勝って、後輩《こうはい》につながないとまずいよなぁ」

次の日、小春《こはる》が体育館に行くと、朔矢《さくや》先輩《せんぱい》が来ていた。バスケ部がコートを使っているその片隅《かたすみ》で、サーブの練習をしていた。

(先輩《せんぱい》、本気なんだ)

だったら、わたしもがんばろう、と小春《こはる》は思った。朔矢《さくや》先輩《せんぱい》の気持ちが、あとに続く部員たちにつながった証《あかし》として、わたしが勝ってみせる。

その日以来、小春《こはる》はまじめに練習に打ちこむようになった。始業式の日も早めに家を出て、体育館で素振《すぶ》りをしたり、新しいサーブの研究をしたりした。練習を終えて二年生の教室がならぶフロアに行ったら、廊下《ろうか》に新しいクラスの名簿《めいぼ》が掲示《けいじ》してあった。小春《こはる》はＤ組だった。


「ねえねえ。これ、知ってる？」

昼休み、中庭のベンチでお弁当を食べていたら、クラスメートで同じ卓球部《たっきゅうぶ》の奈帆《なほ》が小春《こはる》にスマホの画面を見せた。

「スマイルラブ・チャンネル？」

「うん。『スマチャン』っていって、８秒動画のサイト。うちのクラスのあの人たちの動画があるんだよ」

「あの人たちって？」

「さあ、だれでしょう」

奈帆《なほ》はニヤニヤしながら再生ボタンをタッチした。

夜の遊園地。クラスメートの三戸《みと》凜子《りんこ》と水野《みずの》颯真《そうま》がイルミネーションがかがやくクリスマスツリーの前で肩《かた》をよせあっている。

「あ、凜子《りんこ》ちゃんだ」

凜子《りんこ》とは一年生のときも同じクラスだった。つきあいはあまりないけど、明るくて感じのいい子だ。

「凜子《りんこ》ちゃんって、颯真《そうま》君とつきあってたんだ?」

小春《こはる》がフォークにつきさした卵焼《たまごや》きを宙《ちゅう》にうかせてつぶやくと、奈帆《なほ》が「えっ!?」と声をあげた。

「小春《こはる》、知らなかったの?　教室でもラブラブじゃん!」

「言われてみれば、そうかも」

「んも～、この子ったら!」

奈帆《なほ》が小春《こはる》の髪《かみ》をくしゃくしゃっとなでた。

「こんなの投稿《とうこう》するなんて、凛子《りんこ》ちゃんもよくやるよねえ」

「凛子《りんこ》ちゃんが投稿《とうこう》したの？」

「じゃない？　だって、こういうのをやるのは女のほうじゃん」

「奈帆《なほ》も投稿《とうこう》したことあるの？」

「あるわけないでしょっ！　っていうか、あたし、彼氏《かれし》いないし。いてもこんなはずかしいこと、ゼッタイしないけどね。小春《こはる》もそうでしょ？」

小春《こはる》はうなずくかわりに卵焼《たまごや》きをほおばった。

その夜、小春《こはる》はベッドに寝《ね》ころがって、昼間、奈帆《なほ》に見せてもらったスマチャンの8秒動画を再生した。

「きれい。凛子《りんこ》ちゃんたち、モデルみたい」

二人から幸せオーラがあふれている。こんなにすてきな動画を、なぜ奈帆《なほ》ははずかしいと思うのだろう。

小春《こはる》は凜子《りんこ》たちのカップル動画にコメントを書いた。

――感動しました～。こんなふうにS先輩《せんぱい》を見つめてみたい！

3 見て！　見て！　見て！

三戸凛子《みとりんこ》の最近の楽しみは、８秒動画を見た人たちからのメッセージを読むことだ。スマチャンのコメントだけでなく、『リンリンの恋愛《れんあい》日記』の読者からも「新しい動画、待ってるよ！」とか、「二人のハッピーな瞬間《しゅんかん》をもっと見せて！」といったリクエストがたくさん届《とど》いていた。

「ファンの期待にこたえるために、もっとがんばろっ」

週末、凛子《りんこ》は颯真《そうま》をさそって海に出かけた。

波打ちぎわでの追いかけっこ。海辺のカフェでハンバーガーにかぶりつく颯真《そうま》。くちびるについたケチャップをなめる凛子《りんこ》。しずむ夕陽を見つめる颯真《そうま》の横顔……。

カップル動画の第三弾《だん》も大好評だった。

応援《おうえん》コメントに背中《せなか》を押《お》されるように、凜子《りんこ》は第四弾《だん》、第五弾《だん》と動画を投稿《とうこう》した。

デートという名の撮影《さつえい》タイム。帰宅後《きたくご》はせっせと編集、選曲、文字入れ。

回数をかさねるごとに、凜子《りんこ》は編集の腕《うで》を上げた。写真と動画を組みあわせたり、動画だけで編集してみたり。オーバーラップ。四倍速。スローモーション。コマ撮《ど》り アニメ風……。いろんなテクニックを使って動画をつくりこんでいった。

カップル動画の投稿《とうこう》を始めたきっかけは、ほかの子に颯真《そうま》を横取りされないための自衛策《じえいさく》だったけど、凜子《りんこ》は次第に見られることの快感を求めて、動画づくりに打ちこむようになっていた。そんな凜子《りんこ》の思いにこたえるように、コメント欄《らん》にはもっと刺《し》激的《げきてき》な動画を求める声があがるようになった。


その日、凜子《りんこ》は颯真《そうま》のサッカーの試合を見にいった。

スマホ用の三脚《さんきゃく》を観客席《かんきゃくせき》に立てて、ボールを追いかける颯真《そうま》や、颯真《そうま》を見つめる凜《りん》子《こ》自身を動画撮影《さつえい》した。

試合結果は3対1で凛子《りんこ》の高校が勝利。牛丼《ぎゅうどん》を食べにいくと言う颯真《そうま》を強引《ごういん》に仲間から引《ひ》き離《はな》して、森林公園でおこなわれるキャンドルライトのイベントに向かった。

「わあ、きれーい！」

夕暮《ゆうぐ》れどき、無数のキャンドルに火がともされると、見慣れた公園がファンタジックな空間に一変した。ガムをかみながら文句を言っていた颯真《そうま》も「すげえ！　すげえ！」を連発。

「サンキュ」

目の前の光景を夢中で撮影《さつえい》していた凛子《りんこ》は、振《ふ》り返《かえ》って颯真《そうま》を見た。

「えっ、今なんか言った？」

「試合、見にきてくれてありがとう」

「あっ、うん」

「凛子《りんこ》のおかげでシュートが決まった」

「え～、あたしは関係ないよ。颯真《そうま》の実力が……」

そのときだった。颯真《そうま》が腕《うで》をのばし、凛子《りんこ》の頭を自分の胸《むね》に引きよせた。凛子《りんこ》の左のこめかみに颯真《そうま》のくちびるが軽く触《ふ》れる。

「あ……」

今のは、キス？　うん、きっとそう。いや、ゼッタイにキスだ。

いつかは、と期待はしていたけど、急に来るから心の準備ができていなかった。

「ちょ、ちょっとごめん」

凛子《りんこ》は颯真《そうま》の腕《うで》から離《はな》れると、リュックから三脚《さんきゃく》を出して脚《あし》をひゅるひゅるとのばした。

「なにしてんの？」

「颯真《そうま》、お願い。もう一回、今とおんなじことやって」

「はっ？」

颯真《そうま》はきょとんとして凜子《りんこ》を見た。それからハハッと笑って「いいよ」。

動画撮影《さつえい》の準備は整った。凜子《りんこ》の心も準備オーケー。

でも、二度目のキスは、こめかみじゃなくてくちびる。本物のキスだった。


家に帰ると、凜子《りんこ》はすぐさま〈本日の素材〉の編集作業にとりかかった。

青空とグラウンド。サッカーボールを追いかける颯真《そうま》。祈《いの》るようなまなざしで颯真《そうま》を見つめる凜子《りんこ》。ゴールに向かってシュートする颯真《そうま》。青からオレンジ色にかわる空。

キャンドルライトを見つめる凜子《りんこ》。そこに颯真《そうま》の腕《うで》がのび、凜子《りんこ》のくちびるに自分のくちびるをかさねる――。

「できた！」

完成までわずか十分。

動画につける曲は、YEN TOWN BAND《イェンタウンバンド》の『Swallowtail Butterfly《スワロウテイルバタフライ》～あいのうた～』。昼の校内放送で、昔ヒットしたというこの曲が流れたとき、いつかキスシーンで使おうと決めていた。できあがった動画を見て、凜子《りんこ》は目をうるませた。

八秒間というはかない時間の中で、永遠にかがやき続ける自分……。

「これ見たら、みんなも泣いちゃうだろうなぁ」

❖

北川小春《きたがわこはる》はスマチャンを知って以来、毎日、８秒動画を見ている。

いろんなカップルがいるけど、ナンバーワンはやっぱり凜子《りんこ》と颯真《そうま》だ。

遊園地のクリスマス・イルミネーション編。学校のそばを流れる川でのデート編。

海でのデート編。学校生活編。颯真《そうま》のバースデー編。

スマチャンでは全部で五本の動画が見られて、そのどれもが美しかった。

「凛子《りんこ》ちゃん、本当にすてき。キラキラかがやいてるのは、いろんな思いを乗《の》り越《こ》えてきたからなんだね」

つい最近、小春《こはる》はコメント欄《らん》にあったURLに飛んで、凛子《りんこ》が書いている『リンリンの恋愛《れんあい》日記』を読んだ。颯真《そうま》に片思《かたおも》いしていたころから、今の幸せをつかむまでの凛子《りんこ》の不安や喜びは、まさに今、小春《こはる》が体験しているものと同じだった。

（いつか朔矢《さくや》先輩《せんぱい》とこんなふうになれたら……。でも、現実にはありえないかな）

自分に自信がないから、告白なんてできない。先輩《せんぱい》からも告白されることはないだろう。朔矢《さくや》先輩《せんぱい》のそばにいられるだけでいい。でも……。

「夢見るくらいはいいよね」

凛子《りんこ》と颯真《そうま》のカップル動画は、小春《こはる》の夢であり理想の姿《すがた》だ。

その究極の夢が、新たにアップされた動画だった。

「凛子《りんこ》ちゃん、ついにキスしたんだ」

三本目の動画が投稿《とうこう》されたあたりから、「リンリン、キスして！」とか、「もっとラブラブなところを見せて！」といったコメントを見かけるようになった。そんなリクエストにこたえるためだろうか、凛子《りんこ》の新しい動画には、颯真《そうま》とのキスシーンが入っていた。

「うわぁ……」

キャンドルライトのあたたかい光につつまれて、颯真《そうま》の顔がゆっくりと凛子《りんこ》に近づいていく。スローモーションでくちびるがかさなりあう瞬間《しゅんかん》、小春《こはる》は思わず両手で自分の口を押《お》さえた。

もう一度、見てみる。さらにもう一度。そしてさらに……。

八秒間の動画が繰《く》り返《かえ》し流れる。バイオリンの音色とともに、何度もキスを繰《く》り返《かえ》す凛子《りんこ》と颯真《そうま》。

気づけば小春《こはる》は泣いていた。自然と涙《なみだ》がこぼれていた。

「きれいすぎて、せつないよ」

小春《こはる》はその動画をいつでも見られるように、ダウンロードしてスマホに保存《ほぞん》した。

後日、凜子《りんこ》と颯真《そうま》の動画が新たに二本アップされた。

七本目は駅のプラットホームで、八本目はだれもいない教室で、二人がキスをしていた。

4　はじめての別れ

三戸凛子《みとりんこ》が颯真《そうま》と別れたのは、最後の8秒動画を投稿《とうこう》した数日後のことだった。原因は、颯真《そうま》がデートよりも友だちとの遊びを優先《ゆうせん》したこと。その中に大野《おおの》さんもいた。

「これ、どういうことなの?」

颯真《そうま》のスマホに保存《ほぞん》された写真の中に大野《おおの》さんの姿《すがた》を見つけて、凛子《りんこ》はすぐに問いただした。

「ごめん。でも、みんなで遊園地に行っただけだよ」

「前にもこういうことあったよね。あのとき、もうしないって言ったじゃない。約束を守れない人とは、あたし、つきあえない」

最初は平謝りしていた颯真《そうま》が、急に態度をかえた。

「わかった。じゃ、別れよう」

「えっ……」

「オレも最近、ちょっと疲《つか》れてきた」

「疲《つか》れたって、あたしに？」

「……うん」

「ふーん」

「ごめん」

「いいよ。べつに引き止めるつもりないし。……あっ、ひとつだけ聞かせて」

「なに？」

「大野《おおの》さんのこと、好きなの？」

「今はそういうこと、考えられない」

「そう……。じゃ、さよなら」

「ああ」

こうして颯真《そうま》との恋《こい》は終わった。あっけない幕切《まくぎ》れだった。

颯真《そうま》への怒《いか》りがおさまったとき、猛烈《もうれつ》なさびしさがこみあげてきた。学校ではいつもの明るい凛子《りんこ》をとりつくろっていたけど、家に帰ると孤独感《こどくかん》が骨身《ほねみ》にしみた。怒《いか》りにまかせて別れ話を受け入れたことを後悔《こうかい》し、颯真《そうま》との楽しい時間を記録した８秒動画を見ては、ベッドにつっぷして泣いた。

(彼氏《かれし》のいない毎日って、こんなにみじめだったんだ)

友だちが「ミレンを断ち切るには、思い出の品を全部すてることだよ」と教えてくれた。

凛子《りんこ》は颯真《そうま》の写真を全部消した。

でも、８秒動画だけはどうしても消せなかった。

それでも時間はすぎていく。楽しい日々も。苦しい日々も。

友だちとしゃべっていると一時的に忘《わす》れるけど、一人になると余計さびしくなった。

凛子《りんこ》は昼休みになると、図書室に行くようになった。

颯真《そうま》をさけるために。気持ちの波を安定させるために。

でも、文字を追っても集中できないので、画集や写真集をながめた。

ただぼんやりながめて、心の痛《いた》みが消えるのを待った。

❖

その日、北川小春《きたがわこはる》は体育館の外壁《がいへき》にもたれかかって、雨空をぼんやりながめていた。

壁《かべ》の向こうから、ダンダンというバスケットボールの音と、キュッキュッという靴《くつ》底《ぞこ》が床《ゆか》をこする音が聞こえてくる。

今日は卓球部《たっきゅうぶ》が体育館の半分を使う予定の日だったけど、週末に試合をひかえたバスケ部が全面使用することになった。顧問《こもん》からそう知らされたのは、ついさっきだ。

「先輩《せんぱい》まだかなあ」

朔矢先輩《さくやせんぱい》は小体育館が使えるかどうか確認《かくにん》してくると言ったまま、もどってこない。すでに四十分が経過していた。

小春《こはる》は体育ずわりをして、ジャージのポケットからスマホを出した。保存《ほぞん》した8秒動画を再生する。

「きれいだなぁ」

凛子《りんこ》と颯真《そうま》のキスシーン。何度見ても「いいなぁ」と小春《こはる》は思った。美しくて、せつなくて、胸《むね》がきゅんとする。

「もっと見たいなぁ。凛子《りんこ》ちゃん、また投稿《とうこう》してくれないかなぁ」

八本目の動画が投稿《とうこう》されてから、二週間がすぎていた。凛子《りんこ》の『リンリンの恋愛《れんあい》日記』もずっと更新《こうしん》されていない。

そういえば最近、教室で凜子《りんこ》と颯真《そうま》が一緒《いっしょ》にいるところを見かけなくなった。颯真《そうま》はサッカー部の男子たちとつるんでいるし、凜子《りんこ》はお弁当を食べ終わるとすぐに、どこかに行ってしまう。

小春《こはる》は画面の中でほほえみあう凜子《りんこ》と颯真《そうま》を見つめながら、「前はあんなに仲よくしてたのに。どうしちゃったのかな」と心配した。

「なに見てんの？」

朔矢先輩《さくやせんぱい》が小春《こはる》の横に立っていた。

「な、なんでもありませんっ」

小春《こはる》は胸《むね》にスマホを押《お》しあてて、首を横に振《ふ》った。

「遅《おそ》くなってごめん。小体育館のカギを借りようと思って先生をさがしてたら、図書室のカギが閉《し》まってて二年生が困《こま》ってたんで、ダブルでカギをさがしまくってたんだ。ほら、オレって図書委員長だろ。ほっとけなくて」

「はぁ」

「あと三十分しかないけど、練習するよね」

「はいっ」

小春《こはる》はスマホをポケットにしまって立ち上がった。


練習後、小春《こはる》は奈帆《なほ》と一緒《いっしょ》に学校を出た。

街灯に照らされた雨あがりの遊歩道を歩いていたら、背後《はいご》でチリリンとベルの音がした。振《ふ》り返《かえ》ると自転車に乗った凜子《りんこ》がいた。小春《こはる》と奈帆《なほ》は凜子《りんこ》のために道の真ん中をあけた。

「ありがとう。また明日」

奈帆《なほ》は「バイバイ」と言って手を振《ふ》ると、遠ざかっていく凜子《りんこ》の背中《せなか》を見つめてつぶやいた。

「凛子《りんこ》ちゃん、最近元気ないよね。やっぱ颯真《そうま》君と別れたせいかな」

小春《こはる》は足を止めて、奈帆《なほ》の顔を見た。

「凛子《りんこ》ちゃんと颯真《そうま》君、別れちゃったの？」

「えっ。小春《こはる》、知らなかったの？　教室でもメッチャ険悪じゃん」

「言われてみれば、そうかも……」

「んも～、この子ったら！」

奈帆《なほ》が小春《こはる》の髪《かみ》をくしゃくしゃっとなでた。

その数日後、スマチャンから凛子《りんこ》と颯真《そうま》の8秒動画がすべて消えていた。

SNSの『リンリンの恋愛日記《れんあいにっき》』は存在《そんざい》していたが、相変わらず更新《こうしん》されていない。

「え～、もっと見たかったのに。新しい動画、すごく楽しみにしてたのになぁ」

小春《こはる》はがっかりした。あんなにすてきなカップルが別れるなんて、恋《こい》とはなんて残《ざん》酷《こく》なんだろう。

小春《こはる》は保存《ほぞん》しておいた動画を再生した。現実はさておき、動画の中の凜子《りんこ》と颯真《そうま》は幸せいっぱいだ。

「これ、とっといてよかった」

5 新しい恋《こい》

三戸凜子《みとりんこ》がその人と知り合ったのは、本がきっかけだった。

ある日の昼休み、凜子《りんこ》はお弁当を食べ終えると、「じゃあ、行ってくるね」と友だちにひと声かけて図書室に向かった。

以前は颯真《そうま》をさけるためだったけど、いつしか図書室に行くのが日課になっていた。

だから友だちも何も聞かず、「いってらっしゃい」と手を振《ふ》って凜子《りんこ》を送りだした。

閑散《かんさん》とした図書室。

凜子《りんこ》は赤い表紙のアート本を選んで、いつもの窓《まど》ぎわのイスにすわった。

大きな缶詰《かんづめ》。バナナ。昔の女優《じょゆう》。ウシのポスター……。

これのどこがアートなんだろうと思いながら、ページをめくっていたら、チャイムが鳴った。本を閉《と》じて棚《たな》にしまい、入口に向かう。

「借りないの？」

だれかの声が聞こえた。

振《ふ》り返《かえ》ると、カウンターに図書委員の腕章《わんしょう》をつけた長身の男子がいた。黒縁《くろぶち》のメガネをかけている。

「大型本も借りられるよ。もちろんウォーホルも」

「ウォーホル？」

「さっきキミが見てた作品集、アンディ・ウォーホルっていう、アメリカの有名なアーティストのだよ」

「へえ」

「知らないで見てたの？」

「はい。ながめるのが好きなだけなので」

「ふーん。ウォーホルはポスターだけじゃなくて、映像《えいぞう》作品もたくさんつくったんだ。ウォーホルが残した有名な言葉に『人はだれでも十五分間だけ有名人になれる』っていうのがある」

「なんで十五分なんですか」

「さあ。でも、一時間はムリだとしても、十五分なら注目をあびて有名人になれそうな気がしなくもないな」

メガネの男子はニヤリとした。

凛子《りんこ》はスマチャンの8秒動画のことを思い出した。凛子《りんこ》がつくった八本の動画は、おおぜいの人たちから称賛《しょうさん》を受けた。凛子《りんこ》のファンだと言う人たちもいっぱいあらわれた。

「八秒間なら、なれるかも……」

「えっ?」

「あっ、ううん。有名になれると思いますか」

「オレ？　ムリだね」

「どうして？」

「だって、有名になりたいと思わないから」

それが当然というようにこたえた相手に会釈《えしゃく》して、凛子《りんこ》は教室へいそいだ。


その日以来、凛子《りんこ》は図書室でメガネの男子と話すようになった。

名前は辻朔矢《つじさくや》。三年生で図書委員長。卓球部《たっきゅうぶ》に所属。美術や映像《えいぞう》のことにくわしくて、将来《しょうらい》の夢はハリウッド映画《えいが》の監督《かんとく》になることだという。

「映画監督《えいがかんとく》？　でも、この前『有名になりたいと思わない』って言いましたよね」

「映画《えいが》がつくりたいから監督《かんとく》になりたいんであって、有名になるための手段《しゅだん》じゃないよ」

「ふーん。でも、ハリウッドなら英語が話せないとまずくないですか」

「話せるよ。だってオレ、中二までシカゴに住んでたから」

「え～!?　先輩《せんぱい》って、なにげにすごいんですね」

「べつにすごくないって」


雨の日の放課後、凜子《りんこ》は借りた大型本を三冊抱《かか》えて図書室に行った。

入口が閉《し》まっていたので、教室にもどろうとしたら、朔矢先輩《さくやせんぱい》があらわれた。

「どうした？　返却《へんきゃく》？」

「はい。でも、カギが開いてなくて……」

「わかった。今すぐ持ってくる。……あ、その本、オレが返しておくよ」

「いえ、自分でやります」

「でも……。ちょっと待ってて」

朔矢先輩《さくやせんぱい》はそう言って、廊下《ろうか》をダッシュした。

「フゥ～、重たい」

凛子《りんこ》は本を抱《だ》きしめて壁《かべ》にもたれかかった。いちばん上はアンディ・ウォーホルの作品集。朔矢先輩《さくやせんぱい》からウォーホルのことを教えてもらったあと、あらためてこの作品集を見てみたら、なかなかおもしろかった。ポップアートというジャンルの芸術があることを、凛子《りんこ》ははじめて知った。

「ごめん、待たせた！」

朔矢先輩《さくやせんぱい》が息を切らしながらもどってきた。

「重かったんじゃない？」

「ううん、へーキです。……あれ、どうしてカギをふたつも？」

「こっちが図書室で、こっちは小体育館のカギ。今日の卓球部《たっきゅうぶ》の練習、本当は大体育館でやるはずだったんだけど、バスケ部にとられちゃったんだ。まあ、弱小部だからしょうがないんだけどね」

「え～!?　でも、卓球部《たっきゅうぶ》も試合が近いんですよね」

「うん」

「なんか、いそがしいのに……。ありがとうございました」

朔矢先輩《さくやせんぱい》はカギ穴《あな》にカギをさしこんで、ガチャガチャまわした。

引き戸を開けながら、こちらを向いてニヤリとする。

「お礼ならいらないよ」

凛子《りんこ》は笑った。

「それはいると言ってるようなものですね」

「いやいや」

「何がいいですか？　購買部《こうばいぶ》で大人気のデラックスカレーパンは？」

朔矢先輩《さくやせんぱい》は急にまじめな顔になって床《ゆか》を見つめた。

「……先輩《せんぱい》？」

「ちょっと考えさせて。じゃっ」

朔矢先輩《さくやせんぱい》は右手をあげると、再びダッシュで去っていった。


次の日の昼休み。

凜子《りんこ》が図書室に行くと、朔矢先輩《さくやせんぱい》が貸し出しカウンターの中にいた。ほおづえをついて本を読んでいる。

「何がいいか決まりましたか？」

凜子《りんこ》がたずねると、先輩《せんぱい》がそっぽを向いてつぶやいた。

「三戸《みと》さん」

「はい？」

先輩《せんぱい》は凜子《りんこ》と視線《しせん》を合わせて言った。

「オレ、三戸《みと》さんがいい」

6　本物の彼氏《かれし》

三戸凛子《みとりんこ》は辻朔矢《つじさくや》とつきあってみることにした。

結果は大正解。

おためしのつもりだったのに、本気になってしまった。

朔矢先輩《さくやせんぱい》は、颯真《そうま》のように人目を引くルックスじゃない。性格はおとなしく、友だちとにぎやかにすごすより、一人の時間を大切にしたいと思うタイプだ。

なぜ、そんな男子を好きになったのか。

颯真《そうま》にはなくて、朔矢先輩《さくやせんぱい》にあるもの。それは安心感だった。

颯真《そうま》とつきあっていたときは、いつも得体の知れない不安につきまとわれていた。

スマチャンへの投稿《とうこう》も、颯真《そうま》をだれかにとられたくない一心から始めたものだ。

でも、朔矢先輩《さくやせんぱい》は一ミリも不安を感じさせない。スタートこそ、「三戸《みと》さんがいい」と大胆《だいたん》に告白してきたけど、あまい言葉のかわりに、しぐさや態度で凛子《りんこ》への愛情をしめしてくれる。

朔矢先輩《さくやせんぱい》とのデートは、もっぱら映画鑑賞《えいがかんしょう》だった。

毎週末、格安チケットを買って都心の映画館《えいがかん》へ出かける。恋愛系《れんあいけい》とアニメしか観《み》たことがなかった凛子《りんこ》にとって、先輩《せんぱい》が選ぶ作品はどれも新鮮《しんせん》だった。

中には眠気《ねむけ》をさそう映画《えいが》もあった。

あるとき、凛子《りんこ》がウトウトしていたら、突然《とつぜん》、腕《うで》をゆり動かされた。起こされたのかと思ったら、先輩《せんぱい》が自分の肩《かた》を指先でトントンとたたいた。もたれかかっていいよ、という合図。凛子《りんこ》は先輩《せんぱい》の肩《かた》に頭をのせて目を閉《と》じた。

（ああ、幸せ）

その瞬間《しゅんかん》、「あたしはこういうのがほしかったんだ」と凛子《りんこ》は気づいた。

熱すぎず、冷たすぎない、ちょうどいいあったかさの愛情。

颯真《そうま》との別れがあったから、朔矢先輩《さくやせんぱい》と出会えた。

(朔矢先輩《さくやせんぱい》こそ、あたしの本物の彼氏《かれし》だったんだ)

凛子《りんこ》は先輩《せんぱい》の腕《うで》に手をのせて、心地よい眠《ねむ》りを味わった。


映画館《えいがかん》の近くのドーナツショップで、凛子《りんこ》はフレンチクルーラーをほおばりながら朔矢先輩《さくやせんぱい》にたずねた。

「来週はなんの映画《えいが》を観《み》にいく?」

「ごめん。来週は部活。最後の試合なんだ」

「じゃあ、観《み》にいっていい?」

「うん。でもオレ、勝っても二回戦どまりだよ」

「そんなのやってみなきゃわからないよ。さっきの映画《えいが》みたいに、奇跡《きせき》がおきるかもしれないよ」

「ハハハ、あんなに都合《つごう》よくいくわけないよ。三戸《みと》さん、北川小春《きたがわこはる》って知ってる？」

「うん、小春《こはる》ちゃんでしょ。同じクラスだよ」

「へえ、そうだったのか」

「小春《こはる》ちゃんがどうかしたの」

「オレらの卓球部《たっきゅうぶ》って、半分遊びみたいなもんなんだけど、北川《きたがわ》さん、すごくがんばってるんだ。後輩《こうはい》のそういう姿《すがた》を見て、オレも最後くらいマジでやんなきゃって思った。だから、ベストはつくすよ」

「うん、がんばって。あたし、写真いっぱい撮《と》るね」

「撮《と》らなくていいよ」

「え～、なんで？　撮《と》らせてよ」

「カメラを通さないで、三戸《みと》さんの目で見ていてほしいから」

「わかった。先輩《せんぱい》のこと、ちゃんと見てるね」

❖

コン、コン、コン、カツンッ！　コン、コン……。

卓球台《たっきゅうだい》の上を、小さな白球が行き交う。乾《かわ》いた音がメトロノームのようにリズムをきざむ。

不意に、ゆるい球が飛んできた。チャンスだ。

「よしっ！」

スマッシュがきまった。

北川小春《きたがわこはる》は小さなガッツポーズをすると、タオルで汗《あせ》をぬぐった。

練習相手をつとめていた奈帆《なほ》が、ラケットの先で小春《こはる》の肩《かた》をつつく。

「小春《こはる》、うまくなったね。ボールの強さが前とぜんぜんちがう。なんか、人がかわったみたい。どうしたの？」

小春《こはる》は隣《となり》の卓球台《たっきゅうだい》を見た。朔矢先輩《さくやせんぱい》が部長とはげしいラリーを繰《く》り広《ひろ》げている。

（だって、先輩《せんぱい》がそうだから）

最近、朔矢先輩《さくやせんぱい》はすごくがんばっている。今週末が試合だから当然といえば当然だけど、前より一段《いちだん》とやる気が感じられた。

小春《こはる》は以前、先輩《せんぱい》が「一回くらい勝って、後輩《こうはい》につながないとまずいよなぁ」と言ったことを思い出した。

（先輩《せんぱい》のがんばり、ちゃんと伝わってるよ）

だから、今度の試合はゼッタイ勝ちたい。

勝つことが、先輩《せんぱい》への思いを伝えるたったひとつの方法だから。

練習に打ちこむ原動力となるのが朔矢先輩《さくやせんぱい》なら、練習後の疲《つか》れをいやしてくれるのも朔矢先輩《さくやせんぱい》だった。

夜、小春《こはる》は先輩《せんぱい》を思いうかべながら、凜子《りんこ》と颯真《そうま》の動画を見た。

キスシーンのところで凜子《りんこ》が一瞬《いっしゅん》、体をこわばらせると、小春《こはる》の体も同じように反応した。何度も見ているのに、いつもそうなる。

動画を閉《と》じて、凜子《りんこ》がＳＮＳに書いている『リンリンの恋愛《れんあい》日記』を開いた。

「あっ、更新《こうしん》されてる！」

《ソーマと別れました～》

《でも未練なし!!　新しい彼氏《かれし》もできたしｗｗｗ》

《1コ上のセンパイで、見た目はぼ～っとしてるけど》

《頭がよくて、いろんなこと教えてくれるんだ》

「凛子《りんこ》ちゃん、新しい彼氏《かれし》ができたんだ」

相手はだれだろう。

1コ上のセンパイと書いてあるけど、うちの学校の人だろうか。

「凛子《りんこ》ちゃん、また動画をつくるのかな」

だとしたら、どんなものになるんだろう。

小春《こはる》は楽しみにしながら、ベッドわきにスマホを置いて部屋のあかりを消した。


金曜日の昼休み。

小春《こはる》が奈帆《なほ》と一緒《いっしょ》に廊下《ろうか》を歩いていたら、突然《とつぜん》、壁《かべ》の向こうから大型本を抱《かか》えた朔《さく》矢《や》先輩《せんぱい》があらわれた。

「おうっ!」

「こんにちは」

「明日の試合、がんばろうな」

「はいっ！」

先輩《せんぱい》は足早に図書室に入っていった。

小春《こはる》は先輩《せんぱい》の姿《すがた》を目で追った。開け放した引き戸の向こうで、先輩《せんぱい》が女の子と話している。二人とも背中《せなか》をこちらに向けているけど、笑っているのがわかる。

「小春《こはる》、行こう」

「あ、うん」

小春《こはる》は後《うし》ろ髪《がみ》を引かれる思いで歩きだした。

7
衝《しょう》撃《げき》

卓球《たっきゅう》大会当日。

二階の観客席で待機していた北川小春《きたがわこはる》は、階下で試合中の朔矢先輩《さくやせんぱい》を見つめながら、昨日のことを考えていた。

（あの子はだれだろう）

図書室で朔矢先輩《さくやせんぱい》と話していた女の子。どこかで見たことがあるような後《うし》ろ姿《すがた》だった。

二人の背中《せなか》からは、親密《しんみつ》さがただよっていた。

（もしかして、先輩《せんぱい》の彼女《かのじょ》？）

まさか、と打ち消した。でも疑念《ぎねん》は消えない。

「見て。朔矢先輩《さくやせんぱい》、ねばってるよ」

奈帆《なほ》が階下を指さした。

赤いユニフォームの朔矢先輩《さくやせんぱい》は、最初のゲームは落としたものの、その後に調子をあげて、二ゲーム連続で勝った。次のゲームで勝てば、公式試合ではじめての勝利を手にする。

今、試合は8対9。相手選手が一点リードしている。

「朔矢先輩《さくやせんぱい》、がんばって！」

奈帆《なほ》が声援《せいえん》を送った。

小春《こはる》も心の中の疑念《ぎねん》を追いはらうように叫《さけ》んだ。

「朔矢先輩《さくやせんぱい》、がんばって！」

「わっ、ならんだ！」

9対9から10対10になってデュース。そこからはげしいラリーを制して、朔矢先輩《さくやせんぱい》が一点リード。

あと一点取れば勝てる。

小春《こはる》は両手を胸《むね》にあてて祈《いの》った。

(神様、お願い。朔矢先輩《さくやせんぱい》を勝たせて)

朔矢先輩《さくやせんぱい》のサーブ。するどく下回転のかかったボールが、相手コートに飛んでいく。

相手がループドライブで打ち返すが、ボールはネットにあたってコートに落ちた。

「やったぁ!」

朔矢先輩《さくやせんぱい》が勝った。初勝利だ。

「やった! やった! 先輩《せんぱい》が勝ったよ!」

小春《こはる》は奈帆《なほ》と手を取りあって喜びをわかちあった。

「あれ? 小春《こはる》ってば、ちょっと……」

「えっ」

「あれ、凛子《りんこ》ちゃんじゃない?」

小春《こはる》は手すりによりかかって下を見た。

凛子《りんこ》が朔矢《さくや》先輩《せんぱい》にかけよっていく。凛子《りんこ》を見つめる先輩《せんぱい》のうれしそうな顔。凛子《りんこ》が何か言うと、先輩《せんぱい》は凛子《りんこ》のおでこを指先で軽く押《お》した。

(図書室にいた女の子。あれは凛子《りんこ》ちゃんだったんだ)

8秒動画に映《うつ》っていた凛子《りんこ》の後《うし》ろ姿《すがた》を思い出して、小春《こはる》の視界《しかい》はぐらりとゆがんだ。


ぬれたピンクのカーディガンの袖口《そでぐち》。

目を閉《と》じても、まぶたのすき間から涙《なみだ》がとめどなくあふれてくる。

(なんてバカだったんだろう)

練習中にかわす短い会話に胸《むね》をときめかせていた。

告白はしないし、されもしないからとあきらめていた。

でも、心のどこかで淡《あわ》い期待をいだいていた。

（まさか、凛子《りんこ》ちゃんだったなんて……）

朔矢先輩《さくやせんぱい》に彼女《かのじょ》がいたこと。それ以上に相手が凛子《りんこ》だということがショックだった。

《1コ上のセンパイで、見た目はぼ～っとしてるけど》
《頭がよくて、いろんなこと教えてくれるんだ》

凛子《りんこ》の『リンリンの恋愛日記《れんあいにっき》』を読んだとき、新しい彼氏《かれし》が朔矢先輩《さくやせんぱい》のことだとは一ミリも思わなかった。颯真《そうま》との別れを乗《の》り越《こ》えて、新たな恋《こい》へ走りだした凛子《りんこ》をひそかに応援《おうえん》していた自分は、とんでもないバカだと小春《こはる》は思った。しかも、動画の投《とう》稿《こう》まで期待していたなんて。

小春《こはる》は机《つくえ》につっぷした。

今日のできごとが暗闇《くらやみ》にフラッシュバックする。

朔矢先輩《さくやせんぱい》の勝利を祈《いの》る自分。勝利の瞬間《しゅんかん》、ガッツポーズする先輩《せんぱい》。その先輩《せんぱい》に近づく凛子《りんこ》。見つめあう二人……。

その後におこなわれた小春《こはる》の試合はボロボロだった。ラケットをかまえているだけで精一杯《せいいっぱい》で、ストレート負けした。

試合が終わったあと、凛子《りんこ》が小春《こはる》に近づいてきた。

「お疲《つか》れさま。がんばってたのに残念だったね」

暗闇《くらやみ》に凛子《りんこ》の声がリフレインする。

がんばってたのに残念だったね――。

小春《こはる》ががんばってきたのは、朔矢先輩《さくやせんぱい》が好きだったからだ。その先輩《せんぱい》を奪《うば》った相手に「がんばってた」と言われたとき、小春《こはる》は谷底につきおとされたような気分になった。

あの瞬間《しゅんかん》、心が色を失った。青い悲しみが灰色《はいいろ》の憎悪《ぞうお》にかわった。

悪いのは自分でも朔矢先輩《さくやせんぱい》でもない。凛子《りんこ》なのだと、小春《こはる》は気づいた。

（ゼッタイ許さないから。この痛《いた》み、あの子にわからせてやる）

顔を上げて涙《なみだ》をふき、スマホに保存《ほぞん》したスマチャンの8秒動画を再生した。

ゆったりした音楽が流れる中、キスをする凜子《りんこ》と颯真《そうま》を見て、小春《こはる》はうす笑いをうかべた。

「これ、とっといてよかった」

❖

卓球《たっきゅう》大会当日。

三戸《みと》凜子《りんこ》は体育館の片隅《かたすみ》で朔矢《さくや》先輩《せんぱい》の試合を見守った。

約束したとおり、スマホを通さず自分の目で先輩《せんぱい》を見ていた。

ときおり頭上の観客席から「朔矢《さくや》先輩《せんぱい》、がんばって！」と小春《こはる》たちの声が聞こえてきた。

朔矢先輩《さくやせんぱい》がガッツポーズをした。

卓球《たっきゅう》のルールはよく知らないけど、先輩《せんぱい》の表情から勝ったとわかった。

「やった！」

凛子《りんこ》は朔矢先輩《さくやせんぱい》にかけよった。

「先輩《せんぱい》、おめでとう！」

仲間にかこまれている先輩《せんぱい》が振《ふ》り返《かえ》った。汗《あせ》の光る顔がまぶしい。

「最後の最後で、なんとか一勝できたよ」

「ううん、行けるところまで行って。今の先輩《せんぱい》なら奇跡《きせき》、おこせるよ！」

先輩《せんぱい》は笑って、凛子《りんこ》のおでこを指で押《お》した。

朔矢先輩《さくやせんぱい》の次の試合まで、凛子《りんこ》は女子の試合を見ることにした。

九番の卓球台《たっきゅうだい》に北川小春《きたがわこはる》がいた。青白い顔をしてサーブを打つ小春《こはる》は、どこか上の空のようにも見えた。結果は0対3のストレート負け。

試合後、凛子《りんこ》は小春《こはる》に声をかけた。
「お疲《つか》れさま。がんばってたのに残念だったね。……あっ、小春《こはる》ちゃん！」
小春《こはる》は負けたことがよほどショックだったのか、何も言わずに走り去っていった。
結局、朔矢先輩《さくやせんぱい》は二回戦で負けた。でも、晴ればれとした顔をしていた。
凛子《りんこ》は先輩《せんぱい》と手をつないで、夕暮《ゆうぐ》れの河川敷《かせんしき》を歩いた。
奇跡《きせき》はおきなかったけど、先輩《せんぱい》と一緒《いっしょ》にいるだけでうれしかった。
（この幸せがずっと続きますように）
先輩《せんぱい》の手のぬくもりを感じながら、凛子《りんこ》は心の中で祈《いの》った。

翌日《よくじつ》――。
朔矢先輩《さくやせんぱい》から、昼休みに図書室に来てほしい、とメッセージが届《とど》いた。
凛子《りんこ》はお弁当を食べ終えると、心はずませて図書室へ向かった。

朔矢《さくや》先輩《せんぱい》は背中《せなか》を向けて読書していた。先輩《せんぱい》以外、だれもいない。

「なに読んでるの。映画《えいが》の本?」

凛子《りんこ》はあまえるように後ろから肩《かた》に手をかけて、先輩《せんぱい》の手もとをのぞきこんだ。

「…………!!」

先輩《せんぱい》は本ではなく、スマホを見ていた。

小さな画面に凛子《りんこ》が映《うつ》っている。キャンドルライトのあかりにつつまれた凛子《りんこ》の横顔。そこに颯真《そうま》の顔が近づいてきてキスをする。

朔矢先輩《さくやせんぱい》が振《ふ》り返《かえ》った。

「三戸《みと》さんがこういうことをやる人だとは思わなかったよ」

「どうして、それを?」

「みんな、知ってるよ」

「でも、前に削除《さくじょ》を……」

朔矢《さくや》先輩《せんぱい》が机《つくえ》を両手でバンッとたたいて立ち上がった。

「ネットにこんなもんあげたら、だれでも見られるんだよっ！」

「………」

先輩《せんぱい》は凜子《りんこ》をよけて入口に向かった。

「待って！　お願い、行かないで！」

立ち止まった先輩《せんぱい》に、凜子《りんこ》は思いの丈《たけ》をぶつけた。

「あたしが好きなのは、本当に好きになったのは、先輩《せんぱい》だけなの！」

先輩《せんぱい》が振《ふ》り返《かえ》ってつぶやいた。

「オレもそうだったよ……」

先輩《せんぱい》はさびしそうな顔をして図書室を出ていった。

8 余波《よは》

北川小春《きたがわこはる》は行動に出た。

保存《ほぞん》しておいた凛子《りんこ》と颯真《そうま》の8秒動画を朔矢先輩《さくやせんぱい》に見せるために、偽《にせ》アカウントを取得。朔矢先輩《さくやせんぱい》をふくめた卓球部《たっきゅうぶ》の三年生全員をフォローしたあと、タイムラインに動画を投稿《とうこう》した。実行後、しばらくしてから偽《にせ》アカウントを削除《さくじょ》した。

ミッション完了《かんりょう》。

翌日《よくじつ》、朔矢先輩《さくやせんぱい》と廊下《ろうか》ですれちがった。

友だちとしゃべりながら歩く先輩《せんぱい》に、いつもとかわったようすは見られなかった。

「先輩《せんぱい》、見たのかな……」

それから数日後、中庭でお弁当を食べていたら、奈帆《なほ》が「この動画、知ってる？」

と小春《こはる》にスマホを向けた。そこには凜子《りんこ》と颯真《そうま》のキスシーンが映《うつ》っていた。

「どうしてこれを⁉」

「ＳＮＳであたしのところにまわってきた。でも、スマチャンからはずっと前に削除《さくじょ》されてたんだって。だれかがサルベージしたのかな」

「サルベージってなに？」

「動画データをもとの状態にもどすこと。よくわかんないけど、凜子《りんこ》ちゃんも颯真《そうま》君も、別れたあとにこんな動画が出まわるなんてかわいそう」

「しょうがないよ。そんな動画を投稿《とうこう》したのは凜子《りんこ》ちゃんなんだから」

小春《こはる》がそう言うと、奈帆《なほ》はおどろいて手を止めた。

「小春《こはる》、これのこと知ってたの？」

「えっ、まあ……」

「え～っ⁉」

小春《こはる》はあわてて「今、知った」と言った。

「だよね。この子ったら！」

奈帆《なほ》が小春《こはる》の髪《かみ》をくしゃくしゃっとなでた。小春《こはる》はされるがまま視線《しせん》をそらした。

教室にもどると、異様《いよう》な空気がただよっていた。

クラスメートが凛子《りんこ》を盗《ぬす》み見《み》しながら、顔をよせあってしゃべっている。

そこへ颯真《そうま》たちが教室にもどってきた。その中の一人が「おまえもちゃんと彼女《かのじょ》選べよなっ」と笑いながら颯真《そうま》の背中《せなか》をついた。

颯真《そうま》は「うるせーよ」と言い返し、凛子《りんこ》を軽蔑《けいべつ》したような目つきで見ると、だるそうにイスに腰《こし》をおろした。

凛子《りんこ》は肩《かた》をこわばらせてうつむいていた。机《つくえ》の上の本から目を離《はな》そうとしない。

（なんかちがう）

小春《こはる》は思った。

望んでいたのはこういうことじゃない。朔矢先輩《さくやせんぱい》に動画を見せて、二人を別れさせたかっただけ。それなのに、あの動画が次から次へと関係ない人たちの手に渡《わた》っていく。思惑《おもわく》とかけ離《はな》れて事態が進む中、小春《こはる》は朔矢先輩《さくやせんぱい》のことを思った。

(先輩《せんぱい》、凛子《りんこ》ちゃんとはどうなったんだろう。そして今、何を思ってるんだろう)

放課後、小春《こはる》は卓球台《たっきゅうだい》を広げて、練習の準備を始めた。

卓球《たっきゅう》なんてもうやめようと試合直後は思った。でも、ボールを打ち返す楽しさを小《こ》春《はる》の体は覚えてしまった。小春《こはる》自身、あのさんざんな試合を高校生活最後の部活の思い出にしたくなかった。

奈帆《なほ》が練習にやってきた。ほかの部員たちも次々に集まってきた。体育館にひびきわたるボールの音がだんだん大きくなっていく。

「あっ、川辺先輩《かわべせんぱい》と朔矢先輩《さくやせんぱい》だ」

一年生部員の声がして、小春《こはる》はラケットをかまえたまま、振《ふ》り返《かえ》った。

元部長の川辺《かわべ》先輩《せんぱい》と、朔矢《さくや》先輩《せんぱい》がこちらに向かってくる。

「北川《きたがわ》さん、調子はどう？」

朔矢《さくや》先輩《せんぱい》が小春《こはる》に声をかけた。

「はい。まあまあです」

「この前の試合、具合悪かったんだって？　残念だったけど、でも、次があるから」

「はい。ありがとうございます」

朔矢《さくや》先輩《せんぱい》は、隣《となり》の卓球台《たっきゅうだい》で練習している一年生部員に声をかけた。

「よぉ、ちゃんと練習やってるか」

「はいっ！　この前、試合のときに来てた人、先輩《せんぱい》の彼女《かのじょ》っすか？」

「…………」

その場の空気がこおりついた。

朔矢先輩《さくやせんぱい》はぎこちない笑顔をうかべて「ちがうよ」とこたえた。

「そうっすよね！」

一年生部員たちがしゃべりだした。

「あの女の人って、キス動画の人だろ」

「なに、キス動画って？」

「ほら、あるじゃん。自分らがイケてるカップルだと思いこんで、いちゃついてるシーンとか、キスしてるシーンとかを、投稿《とうこう》サイトにアップするあれだよ」

「ふーん。じゃ、オレも投稿《とうこう》しちゃおっかな」

「うん、やってやって。っておめえ、彼女《かのじょ》いねーだろっ！」

その場にいたみんなが大笑いする中、朔矢先輩《さくやせんぱい》だけ笑わなかった。かわりに、はきすてるように言った。

「あんなクソみたいな動画、つくるヤツもそうだけど、見るヤツの気もしれないよ」

小春《こはる》は頭をガツンとなぐられたような衝撃《しょうげき》を受けた。

つくるヤツは、凜子《りんこ》。

見るヤツは、自分。

凜子《りんこ》と颯真《そうま》のカップル動画をだれよりも気に入っていたのは、小春《こはる》だった。

その動画を武器にして凜子《りんこ》と朔矢《さくや》先輩《せんぱい》のあいだを裂《さ》いたのに、ブーメランのように自分自身に返ってきた。

（わたし、なんてことしちゃったんだろう）

ネットの中で動画が無限に拡散《かくさん》していくのを止めることは、もはや不可能だった。

9 はかない永遠

三戸凛子《みとりんこ》は倒《たお》れた。

体育の授業中、準備運動でペアになった北川小春《きたがわこはる》の手をつかもうとした瞬間《しゅんかん》、目の前の景色が急に消えたのだった。

「り、凛子《りんこ》ちゃん！」

小春《こはる》のあわてふためく声がした。周囲のあざ笑う声も聞こえる。

「不幸なアタシ気どりだよね」

「かわいそうなのは颯真《そうま》なのに」

「保健室で自撮《じど》りした動画でも投稿《とうこう》するんじゃない？」

「自業自得《じごうじとく》だよね」

「アハハハハ」

意識が薄《うす》れていく中、凛子《りんこ》の耳の奥《おく》で「ジゴージトク」という言葉が何度もリフレインした。


保健室のかたいベッドの上で、凛子《りんこ》は夢を見た。

記憶《きおく》のカケラを強引《ごういん》につなぎあわせたような夢で、そのほとんどに朔矢《さくや》先輩《せんぱい》が出てきた。先輩《せんぱい》と手をつないで歩く幸せいっぱいの自分を、別の視点《してん》から見つめながら、「あたし、夢を見てるんだな」と思った。

目覚めたら、やっぱり夢だった。

胸《むね》が苦しくなった。寝返《ねがえ》りをうとうとしたら、ベッドの横に小春《こはる》がいた。

「凛子《りんこ》ちゃん、大丈夫《だいじょうぶ》？」

「うん、なんか急に意識が途切《とぎ》れて……。今は？」

「お昼。凛子《りんこ》ちゃんのお弁当、持ってこようか？」

「ううん、大丈夫《だいじょうぶ》」

小春《こはる》が今にも泣きだしそうな顔でつぶやいた。

「凛子《りんこ》ちゃん、やせたね……」

そう言われて、凛子《りんこ》は最近、まともに食事をとっていなかったことに気づいた。倒《たお》れたのはそのせいだろう。これもジゴージトクだ。

凛子《りんこ》は天井《てんじょう》を見つめながらつぶやいた。

「朔矢先輩《さくやせんぱい》、元気にしてる？」

「えっ？　あっ、うん。引退したから、たまに顔を出すくらいだけど」

「そう」

凛子《りんこ》はゆっくりと窓《まど》のほうに顔を向けた。

「あたし、朔矢先輩《さくやせんぱい》にふられたんだ。颯真《そうま》とつきあってたときの動画を先輩《せんぱい》に見られちゃったの」

「……………」

「不思議なんだ。颯真《そうま》の写真はいっぱい撮《と》ったのに、つきあってたときのこととか、その記憶《きおく》がぼんやりしてるの。でも、朔矢先輩《さくやせんぱい》の写真はぜんぜん撮《と》らなかったのに、そのときに話したこととか、しぐさとか、笑い方とか、全部はっきり覚えてて……。忘《わす》れなきゃいけないってわかってるけど、イメージが……、イメージがずっと頭から消えないの」

凛子《りんこ》は肩《かた》をふるわせて泣いた。おさえていた気持ちが堰《せき》を切ったようにあふれだす。

小春《こはる》がふるえる声で言った。

「凛子《りんこ》ちゃん、あの動画を朔矢先輩《さくやせんぱい》に流したのは……」

凛子《りんこ》は急に顔を上げ、小春《こはる》を見て言った。

「あたしなの」

「えっ……？」

「だって、だれでも見られるネットに投稿《とうこう》したのは、あたしだから」

「で、でも……」

「あたし、自分の幸せを映像《えいぞう》で切りとって、みんなにみせびらかしたかったの。みんなからほめられて、チヤホヤされて、有名人になったつもりでいたの。そんなあたしにムカついてる人もいっぱいいいたってこと、最近やっと気づいた。だって、わざわざうちの親に動画を送りつけてきた人もいたから」

「わ、わたし、そんなことしないよ！」

「わかってる。今回のことで、あたし、たくさんの人を傷《きず》つけた。朔矢先輩《さくやせんぱい》も、親も、颯真《そうま》も、それからあたし自身も……。颯真《そうま》とつきあってたときは、それが永遠に続くと思ってたけど、本当は永遠なんてない。一瞬《いっしゅん》、一瞬《いっしゅん》の積みかさねがあるだけで、それは全部、未来につながってるんだよね。……なんかごめん。小春《こはる》ちゃんにこんな話して」

小春《こはる》は目をうるませて首を横に振《ふ》った。

「ううん。じつはわたしも最近、ある人にふられて……。ふられて、相手のこと、なんにもわかってなかったことに気づいた。恋愛《れんあい》へのあこがれだけで、相手の気持ちを考えないで行動してたの。だから、ふられて当然だった」

「小春《こはる》ちゃん……」

凛子《りんこ》は小春《こはる》が自分と同じ苦しみを味わっていることを知って同情した。

小春《こはる》もまた、同じ人を好きになって、一緒《いっしょ》にふられた凛子《りんこ》に同情した。

二人はいたわりに満ちた目で見つめあった。

「あたし、今はこんなだけど、また復活する。そしたら小春《こはる》ちゃん、一緒《いっしょ》にがんばろ」

「うん」

「しゃべったら、元気になったよ。よいしょっ」

凛子《りんこ》は掛布団《かけぶとん》を押《お》しのけた。小春《こはる》が手をのばして凛子《りんこ》の腕《うで》を支える。

（動画のことが収束《しゅうそく》するまで、凛子《りんこ》ちゃんによりそっていこう）

それが今、小春《こはる》にできるただひとつのつぐないだった。

凛子《りんこ》と小春《こはる》は保健室を出た。

窓《まど》の向こうで、中庭の木々が初夏の光をあびてかがやいていた。野鳥が二羽、枝の上で体をよせあっている。

次の瞬間《しゅんかん》、鳥たちが空に向かって飛びたった。

その光景に、凛子《りんこ》と小春《こはる》は一瞬《いっしゅん》足を止め、そしてまた歩きだした。

解説

ITジャーナリスト　高橋暁子

◎投稿《とうこう》は誰《だれ》もが好意的に見てくれるわけではない

最近は、カップル動画や写真をSNSに投稿《とうこう》するのが流行《はや》っています。しかし、問題も多数起きています。

「あたし、自分の幸せを映像《えいぞう》で切りとって、みんなにみせびらかしたかったの。みんなからほめられて、チヤホヤされて、有名人になったつもりでいたの。そんなあたしにムカついてる人もいっぱいいたってこと、最近やっと気づいた」

凜子《りんこ》の台詞《せりふ》は、この話のすべてを物語っています。

凜子《りんこ》のように、ほめられたり、うらやましがられたりすることで幸せをかみしめたいという理由から、カップル動画を投稿《とうこう》している人は多くいます。投稿《とうこう》するときは、誰《だれ》もが好意的に見てくれると考えがちですが、実際は反感を買っているケースが少なくありません。

◎一度ネットに投稿《とうこう》したことは基本的に削除《さくじょ》できない

カップル動画で起きる問題には、いくつかのパターンがあります。凜子《りんこ》のように、動画がネット上や他人の手元に残ってしまい、もう見られたくないのに他の人に見られて不快な思いをしたり、不利益をこうむったりするパターンです。別れた後で元彼氏《もとかれし》にネット上に公開されてしまい、リベンジポルノ被害《ひがい》にあっている例もあります。

◎後で自分に不利益を与《あた》える可能性があることは投稿《とうこう》しない

最近は、企業《きぎょう》の人事採用担当者《たんとうしゃ》が、採用候補者《こうほしゃ》や社員などをSNS上などで検索《けんさく》することが増えています。SNS上で性的な写真を公開していたという理由で、教員養成《ようせい》系の学校を退学処分《しょぶん》になった学生や、最終面接まで進んでいたのに、そのような画像が見つかって採用にいたらなかった例なども耳にします。

ネット上の投稿《とうこう》は、自分が見てほしい相手だけではなく、見てほしくない相手に見られる可能性もあります。投稿《とうこう》した内容によっては、将来《しょうらい》に渡《わた》って自分の人生に影響《えいきょう》を与《あた》える可能性があることを忘《わす》れないでおきましょう。

凛子《りんこ》は、「だって、だれでも見られるネットに投稿《とうこう》したのは、あたしだから」と言っています。このような悲劇《ひげき》を防ぐためには、そもそも撮《と》らない、残さない、投稿《とうこう》しないしか確実な方法はないので、覚えておいてください。

見えない炎《ほのお》

如月かずさ

＊プロローグ

ベッドの隅《すみ》でちぢこまって、わたしは祈《いの》るようにスマホをにぎりしめていた。

スマホの画面の向こうでは、見えない炎《ほのお》が燃えさかっている。その炎《ほのお》はすさまじいはげしさで燃え広がり、逃《に》げ場《ば》のない袋小路《ふくろこうじ》にわたしを追いつめて、今にものみこもうとしている。

――このＪＫマジで最低だな。自分がひでえことしたって自覚絶対ないだろ

――だからモラルのないガキに文明の利器を使わせるなとあれほど

――こういう非常識なやつは大人になる前につぶしとくのが世の中のためだよな。おいおまえら徹底的《てっていてき》にやるぞ

画面に表示された匿名掲示板《とくめいけいじばん》の書きこみを、わたしはおそるおそる読み進めていく。書きこまれた非難《ひなん》と軽蔑《けいべつ》の言葉は、この数日ですでに五百を超《こ》え、今もまだ急速に増え続けている。その非難《ひなん》も軽蔑《けいべつ》もすべて、わたしに向かってあびせられたものだ。

顔も知らないおおぜいのだれかに、わたしが責められることになった原因。それはわたしがSNSで公開した、たった一枚《まい》の写真だった。その写真を火種《ひだね》にして、わたしのSNSは一気に炎上《えんじょう》した。

掲示板《けいじばん》には、火種《ひだね》となった写真が転載《てんさい》されている。もとの写真はとっくに削除《さくじょ》したのに、そんなふうに転載《てんさい》されたら、もうどうしようもないじゃない。わたしは心の中で悲鳴をあげた。


——こいつの住所氏名そろそろ特定できんじゃね？

――学校名はもうわかってんだろ。だれか苦情の電話早《は》よ

掲示板上《けいじばんじょう》で、わたしの素性《すじょう》は次々とあばかれている。このままでは、じきに名前も住所もネットにばらまかれて、本当に取り返しのつかないことになってしまう。

そう考えたら心臓《しんぞう》がきゅっと苦しくなって、わたしはスマホをベッドに放り投げた。

「……もう、やめてよ」

涙《なみだ》まじりの声でつぶやいて、わたしはひざを抱《かか》えた。

いったいどうして、こんなことになってしまったんだろう。

わたしはこれから、どうなってしまうんだろう……。

1　上々のスタート

「そういえばさ、昨日のあれ、めっちゃ爆笑《ばくしょう》したわ。カレンが撮《と》った写真、なにあの猫《ねこ》の顔」

帰りの電車を待っている途中《とちゅう》、トーコがわたしに言った。それを聞いたミッチーが、「なになに、なんの話?」とトーコの向こうから身を乗りだしてくる。

トーコとミッチーは、この春に入学した高校のクラスメートだ。入学式の日に、好きな漫画《まんが》の話で意気投合して、しかも電車通学仲間ということで、すぐに仲よくなった。知りあってまだ一か月くらいだけど、もうすっかり親友だ。

わたしは昨日撮《と》った写真をスマホの画面に表示してミッチーに見せた。ブロック塀《べい》の穴《あな》から上半身だけ出した猫《ねこ》が、なぜかいたずらを見つかった子どもみたいな表情で、こっちを見ている写真。その表情がおかしかったので、ＳＮＳで公開していたのだ。

「うひゃひゃ、なにこれ見逃《みのが》してたわ。なんでこの猫《ねこ》、こんなキョドった顔してんのよ！」

ミッチーが爆笑《ばくしょう》した。その反応にうれしくなっていると、いっしょに画面をのぞきこんでいたトーコが、ふとわたしにたずねてきた。

「カレンってさあ、ちょくちょくおもしろい写真をのっけてるけど、もともと写真を撮《と》るのが趣味《しゅみ》だったりとかするの？」

「そういうわけじゃないんだけど、このスマホのカメラが、前に使ってたガラケーとちがってすっごく高性能だから、ついいろいろ撮《と》りたくなっちゃって」

わたしはそうこたえて、高校の合格発表後にさんざんおねだりをして買ってもらった、最新のスマホを見つめた。

高校生になったら、ＳＮＳを始めよう。ずっと前からそう決めていた。そのために、

ＳＮＳを自由に使えるスマホがどうしてもほしかったのだ。

ＳＮＳを始めようと思ったのは、中学までのわたしをかえるため。地味でぱっとしなくて、友だちもあんまりいなかったわたしをかえるためだ。

中学時代、教室の真ん中の明るい場所で、毎日楽しそうにすごしているクラスメートたちを、わたしはいつもうらやましい気持ちでながめていた。そして、そういうクラスメートはみんな、ＳＮＳでコミュニケーションをとりあっていた。

彼女《かのじょ》たちのようにＳＮＳを使いこなせたら、わたしもたくさんの友だちにかこまれて、キラキラした学校生活を送れるかもしれない。中学の途中《とちゅう》でキャラをかえるのは無理でも、高校に入学した直後なら、もしかしたら。わたしはそんなふうに考えていた。

実際、新しい学校で友だちをつくるのに、ＳＮＳはとても役に立った。ＳＮＳでつながっていれば、おしゃべりの話題も増えるし、学校から帰ったあとも気軽に話ができる。トーコやミッチーとこんなにすぐに仲よくなれたのも、ＳＮＳで放課後いつも話していたおかげだ。

ＳＮＳを通じて新たにできた友だちもたくさんいて、わたしのアカウントのフォロワーは、もう百人以上いる。わたしの高校生活は、上々のスタートを切っていた。

❖

わたしが撮《と》った写真の話題で盛《も》り上《あ》がっていたら、ミッチーが急に「あっ」と言って、わたしの後ろを指さした。

その指につられて振《ふ》り返《かえ》ると、背《せ》の高い男子高校生が、駅の階段《かいだん》を上ってくるのが見えた。きりっとした眉《まゆ》に鋭《するど》い目が特徴《とくちょう》の、クラスメートの氷室《ひむろ》くんだった。

わたしがドキッとしてしまっていると、氷室《ひむろ》くんもこっちに気がついて、ああ、というような顔になった。けれど反応はそれだけで、特にあいさつとかもなく、氷室《ひむろ》くんはわたしたちから離《はな》れた場所でスマホをいじり始めた。

その横顔をこっそり見つめていると、トーコのあきれたような声が聞こえた。

「まったく、あの無愛想魔人《ぶあいそうまじん》のどこがそんなにいいのかねえ、この子は」

「ちょっと、トーコ声が大きい！」

「いやいや、氷室《ひむろ》って絶対そういうのにぶいから、もっと露骨《ろこつ》にアピールしたほうがいいって。ほら、ちょうどいい機会だから話しかけてきなよ」

ミッチーにまでからかわれて、わたしは真っ赤になってしまった。

氷室《ひむろ》くんのことは、最初に教室で会ったときから気になっていた。トーコといっしょの中学の出身で、毒舌のトーコには、「おっさんっぽい」とか「目つきが殺し屋」とかひどいことを言われているけど、わたしは氷室《ひむろ》くんのことを、大人っぽくてまじめで格好良いと思っていた。

だけどなかなかきっかけがつかめなくて、わたしが氷室《ひむろ》くんと話をした回数は、まだ片手《かたて》の指でかぞえられる程度だ。トーコに教えてもらって、氷室《ひむろ》くんのＳＮＳのアカウントもフォローしているけど、そっちでもメッセージのやりとりをしたことは全然なかった。

電車がホームにやってきたころには、氷室《ひむろ》くんはスマホをしまって読書を始めていた。車内はめずらしく混雑していて、別の乗車口から乗った氷室《ひむろ》くんの姿《すがた》は、すぐに見えなくなってしまっていた。

❖

わたしが降《お》りる駅は、トーコとミッチーよりも手前にある。電車を降《お》りて二人を見送ったあとで、わたしはスマホをとりだして、ＳＮＳのタイムラインをチェックしてみた。

駅のホームで氷室《ひむろ》くんがスマホをいじっていたから、もしかしたらＳＮＳになにか書きこんでいたのかも、と思ったのだ。けれど別にそういうわけではなかったようで、タイムラインをさかのぼっても、氷室《ひむろ》くんの書きこみは見つからなかった。

まあ、もともとめったに書きこみとかしないもんね、氷室《ひむろ》くん。もっと頻繁《ひんぱん》に書きこんでくれたら、ＳＮＳで話しかけるきっかけも見つかるかもしれないのに。わたしはそう思ってため息をついた。

……どうしたら、氷室《ひむろ》くんともっと親しくなれるのかな。

そんなふうに悩《なや》みながら、ぼんやり空を見上げたところで、わたしは夕焼けの空に、ぽっかりとハート型っぽい雲がうかんでいるのを見つけた。

わあっ、と歓声《かんせい》をあげてから、わたしはすかさずスマホのカメラでその雲の写真を撮《と》った。そして撮影《さつえい》した写真を、すぐにＳＮＳで公開する。

『ハート型の雲を発見！　なんだかいいことありそう！』

公開した写真を満足な気分でながめていると、さっそく写真を見てくれたトーコから、《これは恋愛運急上昇《れんあいうんきゅうじょうしょう》なのではｗｗｗ》とメッセージが届《とど》いた。

《しっかしやっぱ写真撮《と》るのうまいよね。あたしへたくそだからうらやましいわ》

トーコのメッセージに、わたしは顔をほころばせた。それからトーコへの返事を打っていると、そのあいだに写真のお気に入り登録数はどんどん増えていった。

トーコとミッチーには言わなかったけど、わたしがスマホで撮《と》った写真を、せっせとSNSで公開しているのは、本当はこのためだ。

わたしの撮《と》った写真を、だれかにほめてもらえるのがうれしいから。お気に入りの登録数が増えると、それだけみんなに認《みと》められたようで自信が持てるから。

わたしのことを、もっとみんなに認《みと》めてもらいたい。もっと認《みと》めてもらえたら、わたしはもっともっと明るい場所へ行ける。わたしはそんな気がしていた。

「……恋愛運急上昇《れんあいうんきゅうじょうしょう》、ね」

にやけた顔でつぶやいてスマホをしまうと、わたしははずんだ足どりで家路についた。

2　最高の一枚《まい》

《じゃあまた明日学校でね！　おやすみ～》

ミッチーにあてたメッセージを投稿《とうこう》したあとで、わたしは大きなあくびをした。

SNSでミッチーとおしゃべりをしていたら、ちょっとびっくりするほど真夜中になっていた。途中《とちゅう》からだいぶ眠《ねむ》かったけど、話題がつきなくて、つい長話をしてしまった。

中学のころは、こんなに長い時間、友だちとしゃべってたことなんてなかったな。

寝《ね》る前にぼんやりタイムラインをながめながら、わたしはそう考えた。

SNSで友だちと長話をしていて夜更《よふ》かしなんて、お母さんにばれたら絶対にしかられる。だけどわたしは、自分がかわれたことが実感できるようで、なんだかとてもうれしかった。

「ほんと、SNSを始めてよかったよね」

そう声にしてスマホをスリープモードにすると、暗くなった画面にわたしの笑顔が映《うつ》った。

❖

さすがに夜更《よふ》かしをしすぎたみたいで、次の日は授業中もずっと眠《ねむ》くてしかたなかった。

なんとか居眠《いねむ》りをせずにたどりついた放課後、わたしは美化委員の仕事で、校舎前の花壇《かだん》の水やりをしていた。眠気《ねむけ》はもう限界の状態で、わたしがじょうろを手にふらふらしていると、ふいに背中《せなか》で声が聞こえた。

「眠《ねむ》そうだな。手伝うか?」

その声に飛び上がるようにして振《ふ》り返《かえ》ると、氷室《ひむろ》くんがいつものまじめな顔でわたしを見おろしていた。

おどろきで口をぱくぱくさせてしまってから、わたしはあわてて言った。

「だ、大丈夫《だいじょうぶ》！　ちょっと寝不足《ねぶそく》なだけだから！　えっと、氷室《ひむろ》くんはこれから部活？　たしか、新聞部だったよね」

「ああ、よくおぼえてるな。赤沢《あかざわ》は……すまん、どこの部活だっけか？」

「あっ、わたしは、帰宅部《きたくぶ》で……」

うわずった声でこたえながら、わたしはあせっていた。どうしよう、氷室《ひむろ》くんともっと話したいのに、話題が全然思いつかない。

そのとき、近くで猫《ねこ》の鳴き声が聞こえた。わたしが反射的《はんしゃてき》に声の主をさがしていると、氷室《ひむろ》くんが思い出したように言った。

「そういえば、この前の猫《ねこ》の写真、おもしろかった。赤沢《あかざわ》が撮《と》る写真は、いつもセンスがいいな。写真のことはくわしくないけど、瞬間《しゅんかん》の切りとりかたが絶妙《ぜつみょう》というか……」

「そ、そんな、センスなんてないよ！　適当にパシャパシャ撮《と》ってるだけで……ていうか氷室《ひむろ》くん、わたしのＳＮＳの写真、見てくれてたの!?」

「そりゃあ、タイムラインでよく見かけるからな。赤沢《あかざわ》のアカウントはプロフィール画像も顔写真だから、赤沢《あかざわ》が撮《と》った写真だってぱっと見てわかるし」

氷室《ひむろ》くんはすずしい顔でこたえてから、ためらいがちにつけたした。

「ただ、あのプロフィール画像の顔写真は、かえたほうがいいと思うぞ」

「えっ、どうして？」

もしかして、わたしの顔写真なんかがタイムラインにあったりすると目ざわりなのかな。とたんに不安になってしまったけど、理由はそうじゃなかった。

「ＳＮＳでトラブルになったときのために、身元のわかる情報はのせておかないほうがいいだろう」

「トラブルって、炎上《えんじょう》とか?」

「まあ、それとかな。余計なお世話だろうが……」

「そんなことないよ! 心配してくれてありがとう!」

笑顔でそうお礼を言うと、氷室《ひむろ》くんはこくりとうなずいた。それから、「悪い、じゃましたな」と言って立ちさろうとする氷室《ひむろ》くんに、わたしはあたふたと声をかけた。

「あのっ、そのうちまた写真の感想とか教えてくれる!?」

氷室《ひむろ》くんは「ああ」と背中越《せなかご》しに手を振《ふ》ってさっていった。

その姿《すがた》が見えなくなったあとで、わたしはためていた息をはきだした。氷室《ひむろ》くんとこんなにたくさんしゃべったのは、これがはじめてだった。

氷室《ひむろ》くんと話したあとは、あんなにひどかった眠気《ねむけ》もすっかり消えていた。

美化委員の仕事があったので、トーコとミッチーには先に帰ってもらっていた。高校入学以来、いつも友だちといっしょに帰っていたから、一人の帰り道はひさしぶりだった。

「……うん、とりあえずこれで」

電車の席にすわったあとで、わたしはさっそくSNSのプロフィール画像を変更《へんこう》した。氷室《ひむろ》くんがおもしろかったと言ってくれた猫《ねこ》の写真に。

それにしても、氷室《ひむろ》くんがわたしの写真を見てくれてたなんて。ついさっきの会話を思い出していたら、自然と顔が熱くなっていた。

ちょっとはずかしいけど、やっぱりうれしい。氷室《ひむろ》くんにまたほめてもらえるように、これからもおもしろい写真を撮《と》って、SNSにのせなくちゃ。

とはいっても、おもしろい写真なんて、ねらって撮《と》れるものじゃないんだけど。そう思いながら顔を上げたところで、わたしはぶっ、とふきだしてしまった。

わたしの目に飛びこんできたのは、駅の看板《かんばん》にはってあったSF映画《えいが》のポスターと、正面の席で居眠《いねむ》りをしているおじいさんの姿《すがた》だった。

ポスターは巨大彗星《きょだいすいせい》が地球に衝突寸前《しょうとつすんぜん》というデザインで、そのポスターの地球の部分に、髪《かみ》がなくてつるつるのおじいさんの頭が、ぴったり重なっていたのだ。そのせいで、おじいさんの頭に彗星《すいせい》が直撃《ちょくげき》しそうになっているように見える。

笑いをこらえながら、わたしはスマホのカメラを起動した。勝手に撮《と》っちゃ悪いかな、とは思ったけど、ぐずぐずしていたらこの最高の場面を撮《と》り逃《のが》してしまう。

わたしが写真を撮《と》り終《お》えるのと同時に、電車が発進した。スマホの画面に表示された写真は、もう完璧《かんぺき》なできばえで、写真になったことで、ますますおじいさんの頭が映画《えいが》のポスターの中にはまって見えた。

その写真をすぐにＳＮＳで公開しようとして、わたしは少しだけ迷った。他人を勝手に撮《と》った写真を公開して大丈夫《だいじょうぶ》だろうか、と不安になったのだ。

だけどおじいさんはうつむいて居眠《いねむ》りをしていて、おまけにマスクをつけている。顔は半分もわからないし、この程度なら公開したって平気だろう。

なによりこの写真だったら、絶対これまでよりもっとたくさんの人にお気に入り登録してもらえるだろうし、もしかしたらあの氷室《ひむろ》くんだって爆笑《ばくしょう》してくれるかもしれない。

わたしはそう期待して、『巨大彗星衝突寸前《きょだいすいせいしょうとつすんぜん》ｗｗｗｗ』というメッセージをそえると、ＳＮＳの投稿《とうこう》ボタンをタッチした。

3 人気の代償《だいしょう》

帰りの電車で撮《と》った写真の反響《はんきょう》は想像以上で、夜にはお気に入りの登録数が三けたになっていた。これまで撮《と》った写真の中でも、ぶっちぎりでいちばんの人気だ。

写真へのメッセージも、いつもよりずっとたくさんもらえた。中には『すでに不毛の大地だから衝突《しょうとつ》しても問題ないでしょｗｗ』とか、『こういうこぎたないじいさんに電車でよりかかられると最悪だよねー』といった結構ひどいメッセージもまざっていて、写真のおじいさんに悪いな、という気分になったりもしたけど、せっかく感想をくれたのだからと思いなおして、わたしはきちんと調子を合わせた返事を送っておいた。

予想以上の大人気に喜びながら、わたしは氷室《ひむろ》くんの反応を気にしていた。だけど氷室《ひむろ》くんは、普段《ふだん》からお気に入りの登録機能を使わないから、写真を見てくれたかどうかもわからない。

だから次の日の始業前、ミッチーが氷室《ひむろ》くんに写真の話題を投げかけてくれたときには、心の中で、「やった」と歓声《かんせい》をあげていた。仲のいいみんなと彗星衝突《すいせいしょうとつ》写真の話で盛《も》り上《あ》がっている最中に、登校してきた氷室《ひむろ》くんが、たまたますぐそばを通りかかったのだ。

「氷室《ひむろ》氷室《ひむろ》、あんたもこの写真見た？　カレンが撮《と》ったこの爆笑《ばくしょう》写真！」

ミッチーがスマホの画面を氷室《ひむろ》くんに見せて言った。わたしはミッチーの隣《となり》で、氷《ひ》室《むろ》くんがどんな感想をくれるか、ドキドキしながら待っていた。

ところが氷室《ひむろ》くんの反応は、わたしの期待とはまったくちがっていた。氷室《ひむろ》くんはスマホの画面を無言で見つめてから、不機嫌《ふきげん》そうに言った。

「これのなにがおもしろいんだ？」

わたしはえっ、と戸惑《とまど》った声をもらしてしまった。ミッチーも不満げに氷室《ひむろ》くんに言い返した。

「どこがって、そんなの見ればわかるで……」

「盗撮《とうさつ》のなにがおもしろいんだと言っているんだ」

氷室《ひむろ》くんの険しい声がミッチーのせりふをさえぎった。そしてその言葉はミッチーにではなく、はっきりとわたしに向けられていた。

氷室《ひむろ》くんがわたしの顔をじっと見つめてきた。鋭《するど》い視線《しせん》に射《い》すくめられて、わたしがうろたえていると、そばにいたトーコが氷室《ひむろ》くんを非難《ひなん》した。

「盗撮《とうさつ》？　ったく、石頭もたいがいにしなよ。顔は半分も写ってないんだし、そんなのいちいち気にしてたら、写真なんか撮《と》れないでしょ。ねえ、カレン」

氷室《ひむろ》くんはトーコの言葉を無視《むし》して、わたしをにらみ続けていた。なにか言わなければ、と思ったけど、その視線《しせん》の圧力に負けて、わたしはただうつむくことしかできなかった。

「ああもう、カレン泣きそうじゃん。もういいから、とっととあっち行ってよ」

トーコがしっしっ、と氷室《ひむろ》くんを追いはらった。ほかのみんなもわたしをかばうように氷室《ひむろ》くんのことをにらみつけていた。

「カレン、あんなやつの言うことなんて気にすることないよ」

ミッチーがそう言ってなぐさめてくれる。ありがとう、とこたえながら、わたしは悲しくてしかたなかった。

盗撮《とうさつ》だなんて、そんな言いかたしなくたっていいのに。いくらなんでもまじめすぎるよ、氷室《ひむろ》くん。

氷室《ひむろ》くんは自分の席に着いて、授業の予習を始めていた。わたしはこんなに傷《きず》ついているのに、気にするそぶりなんてひとつもなかった。

氷室《ひむろ》くんのことが、ちょっとだけ嫌《きら》いになってしまいそうだった。

「じゃあね、カレン。またおもしろい写真期待してるよ」

ミッチーの言葉にうん、とこたえて、わたしは帰りの電車を降《お》りた。だけどわたしは、氷室《ひむろ》くんの厳《きび》しい表情が頭から離《はな》れなくて、とても写真を撮《と》る気分にはなれなかった。

せっかく氷室《ひむろ》くんと仲よくなれるかも、と思ってあの写真を撮《と》ったのに、どうしてこうなってしまったんだろう。昨日の写真を削除《さくじょ》したら、氷室《ひむろ》くんはまたわたしの写真をほめてくれるだろうか。

暗い気持ちで家に帰ったあと、わたしは昼からチェックしていなかったSNSのページにアクセスした。

「やっぱり消したほうがいいのかな……」

❖

スマホの画面をながめながら、そうつぶやいたところで、わたしはえっ、と声をあげてしまった。

昨日の写真のお気に入り登録数が、異様《いよう》に増えていたのだ。最後に見たときから数時間で、一気に十倍近くも増えている。

もしかして、どこかのサイトで紹介《しょうかい》されたりとかしたのかな、と思ったけど、そうじゃなかった。写真にあてて送られた大量のメッセージを見て、わたしの表情はこおりついた。

——他人を無断で撮《と》った写真をこんなとこで公開していいと思ってるの？
——モラルがない高校生だなあ
——あーあ、おおぜいに笑い者にされちゃってこのおじいちゃんかわいそうｗｗｗ

なんで、とわたしは画面に問いかけた。新たに届《とど》いていたメッセージは、そのほとんどがわたしを非難《ひなん》するものだった。そんなメッセージ、昼までは全然なかったのに……。
その理由はすぐにわかった。だれからともわからない非難《ひなん》のメッセージにまじって、フォロワーの一人がわたしに教えてくれていた。

——彗星衝突《すいせいしょうとつ》の写真、ここの掲示板《けいじばん》で炎上《えんじょう》してますよ

「うそっ……」
わたしはすぐさまメッセージのリンクをタッチした。リンク先は有名な匿名掲示板《とくめいけいじばん》の*スレッド。スレッドのタイトルは、『盗撮《とうさつ》JKに裁《さば》きの鉄槌《てっつい》をくだすスレ』。

——電車内で老人を盗撮《とうさつ》して笑い者にしたJKをこらしめよう

スレッド……ある話題についての投稿《とうこう》。「スレ」とも。

スレッドの最初の書きこみにはそう記《しる》してあった。わたしのSNSのアカウントへのリンクもいっしょにはってある。

「そんな！　わたしそんなつもりじゃ……！」

思わずスマホの画面に向かって反論《はんろん》しかけたけど、その言葉は続く書きこみを目にして勢いを失った。

——また非常識な高校生がやらかしたのか
——これは頭髪《とうはつ》に恵《めぐ》まれないすべての者への明確な侮辱《ぶじょく》だ。絶対に許すな
——なに？　今度はこのJKの身元を特定すればいいわけ？
——他人の顔をネットにさらしたからには、自分がさらされる覚悟《かくご》もあるんだよな

画面を下にスクロールさせると、書きこみはすでに数百を超《こ》えていた。それを読み進めるうちに、わたしの呼吸《こきゅう》はどんどん苦しくなっていった。心臓《しんぞう》はさっきから破裂《はれつ》しそうなほどはげしく鳴っていた。なんで、とわたしはまた弱々しくつぶやいた。盗撮《とうさつ》のなにがおもしろいんだ、という氷室《ひむろ》くんの声が脳裏《のうり》によみがえった。ああ、氷室《ひむろ》くんに怒《おこ》られたときに、すぐに写真を削除《さくじょ》しておけばよかった、と思った。だけど、そんなふうに後悔《こうかい》したところで、今さらもう遅《おそ》すぎる。

画面を埋《う》めつくすほどの非難《ひなん》の声を前にして、わたしは完全に動けなくなってしまった。

4

炎上後《えんじょうご》

だいぶ前になるけど、ときどきのぞいているニュースサイトで、カップルの痴話《ちわ》げんかを盗撮《とうさつ》した男子大学生の炎上《えんじょう》事件の記事を読んだことがある。

炎上《えんじょう》の原因になった写真は、カップルの顔がはっきりわかるものだった。大学生はその写真をSNSで公開して、カップルの顔や外見をきたない言葉であざけったのだ。

大学生の非常識な写真と発言は、匿名掲示板《とくめいけいじばん》ではげしく非難《ひなん》され、すぐに身元の特定が始まった。その結果、SNSで公開していた写真や過去の書きこみを手がかりに、大学生の名前や通っている大学名、バイト先や家族の情報までもが明らかにされ、すべてネット上に公表されてしまった。

大学とバイト先に苦情が殺到《さっとう》したことで、大学生は大学を停学になり、バイトもやめさせられたらしい。けれどその記事を読んでも、わたしは炎上《えんじょう》した大学生に同情することはなかった。非常識なことをしたその人の自業自得《じごうじとく》だと思っていた。

自分がその大学生の立場になるなんて、そのときは想像もしていなかった。

❖

わたしのSNSが炎上《えんじょう》してから、二日がたっていた。匿名掲示板《とくめいけいじばん》の書きこみは、今もまだ増え続けていて、わたしへの非難《ひなん》と攻撃《こうげき》がおさまる気配はなかった。

炎上《えんじょう》のいちばんの原因は、写真におじいさんの顔が写っていたことだった。半分はかくれているから大丈夫《だいじょうぶ》、なんて思ったのがまちがいだったのだ。

同時にわたしの書きこみも、非難《ひなん》の的になっていた。わたし自身はそんなにひどい発言はしていなかったけど、写真のおじいさんをバカにするようなメッセージに、調子を合わせて返事をしていたせいで、わたしもおじいさんを侮辱《ぶじょく》したとみなされてしまったのだ。

炎上《えんじょう》に気づいてすぐに、わたしは写真を削除《さくじょ》してあやまった。けれど、いくら懸命《けんめい》に謝罪の書きこみを繰《く》り返《かえ》しても、わたしが許してもらえることはなかった。

写真を消してあやまればすむと思っているのか。そんな意地の悪いメッセージが次々と送られてきて、わたしのがまんも限界に達した。


——それじゃあいったいどうしろっていうんですか！

——このくらいの写真、ほかのみんなだって公開してるのに、どうしてわたしばっかりいじめられなくちゃいけないんですか！


そんなふうに言い返してしまったら、『逆ギレした』とか『反省の色が見えない』と責められて、炎上《えんじょう》がますます悪化してしまった。

途中《とちゅう》でもうどうしようもなくなって、わたしはSNSのアカウントに鍵《かぎ》をかけた。鍵《かぎ》をかければ、わたしがフォローしている相手にしか、わたしの書きこみは見られなくなる。

だけどそのときにはもう、わたしの過去の書きこみはすべて、だれかのパソコンに保存《ほぞん》されてしまっていた。掲示板《けいじばん》に画像化されたわたしの書きこみがいくつもはられ、鍵《かぎ》をかけたことに対しても、『逃《に》げた』とさんざんなじられた。

アカウントを削除《さくじょ》することも考えた。だけど、削除《さくじょ》したところで炎上《えんじょう》が終わらないことは、前に読んだまとめサイトの炎上《えんじょう》記事でわかっていた。

それに、せっかくできた新しい友だちや氷室《ひむろ》くんとつながっているSNSのアカウントを、消してしまうのはどうしてもいやだった。もっとも、氷室《ひむろ》くんはもう、わたしのことなんて嫌《きら》いになってしまっただろうけど。

「どうしたらいいの……」

午前の授業が終わったあと、わたしは屋上に続く人気《ひとけ》のない階段《かいだん》の踊《おど》り場《ば》でうずくまっていた。

匿名掲示板《とくめいけいじばん》では、わたしの身元の特定が着々と進んでいた。氷室《ひむろ》くんに言われて、炎上《えんじょう》の直前にプロフィール画像を顔写真からかえていたのは不幸中の幸いだったけど、それだけで特定を阻止《そし》することはできなかった。

特定の手がかりになる情報なんてない。最初はそう思っていた。けれど、わたしが使っていたアプリでは、撮《と》った写真に位置情報が埋《う》めこまれたままSNSに公開されるようになっていたらしい。そのせいで炎上《えんじょう》した写真から住んでいる地域《ちいき》が割《わ》りだされ、ちょっと前に書いた定期試験の日程から、学校名も特定されてしまった。

このままでは名前や住所といった致命的《ちめいてき》な情報が、いつネットにばらまかれてしまうかわからない。炎上《えんじょう》がおきたときから心配で心配で、わたしはもうずっと、夜もまともに眠《ねむ》ることができないでいた。

だけどこんなこと、親にも相談することはできない。相談なんてしたってどうしようもない。友だちにはげましてもらいたかったけど、トーコとミッチーは炎上後《えんじょうご》、明らかにわたしをさけているみたいだった。

カップルを盗撮《とうさつ》した大学生の事件では、炎上《えんじょう》した大学生の友だちまでもが、とばっちりで身元を特定されかけていた。たぶんトーコもミッチーも、そういうトラブルをおそれて、わたしにかかわらないようにしているんだろう。二人のＳＮＳアカウントからのフォローも、炎上《えんじょう》のあと、いつの間にかはずされていた。

全部わたしが悪いんだから、トーコとミッチーを責めるのはまちがっている。だけどわたしは、親友だと思っていた二人に裏切《うらぎ》られたような気分でいっぱいだった。

スマホの時計を見ると、そろそろ授業が始まる時間になっていた。寝不足《ねぶそく》すぎて体調は最悪だったけど、授業をサボるわけにはいかない。

ふらふらと立ち上がりかけてから、わたしはその前に、掲示板《けいじばん》の状況《じょうきょう》を確かめておくことにした。身元の特定がさらに進んでいないか不安だった。

けれど、スマホの画面をこわごわなぞっていったわたしは、身元の話題とは別に、信じられない書きこみを発見した。

――あたしこいつといっしょのクラスだけど、八方美人でマジウザいよ

「こんなの、だれが……」

思わず言いかけたところで、おなかの底からなにかがこみあげてくるのを感じて、わたしはとっさに口を押《お》さえた。

いや、いっしょのクラスだなんて、うそに決まってる。自分にそう言いきかせながらも、頭の中で順番にクラスメートの顔がうかんで、わたしはしぼりだすようにつぶ

やいた。

「もう、やだよ……」

スマホの画面に涙《なみだ》のしずくが落ちた。

助けて、だれか助けてよ。暗い階段《かいだん》の踊《おど》り場《ば》にちぢこまって、わたしは胸《むね》の中で必死に叫《さけ》び続《つづ》けていた。

◆

結局、わたしは教室にもどることができなかった。とても授業を受けられるような体調じゃなくて、放課後までずっと、保健室のベッドで横になっていた。

放課後、荷物を取りに教室にもどると、教室はもう空になっていた。クラスメートと顔を合わせずにすんだことにほっとしながら、わたしは学校をあとにした。

いつもはトーコやミッチーとおしゃべりしながら帰る駅への道を、とぼとぼと一人ぼっちで帰る。わたしが不気味な足音に気がついたのは、その道の途中《とちゅう》だった。わたしのあとを、ずっとついてくるような足音があったのだ。

信号待ちで立ち止まったところで、わたしはおそるおそる後ろを振《ふ》り返《かえ》ってみた。するとわたしからちょっと離《はな》れた場所で、黒ずくめの服を着た男が、街路樹《がいろじゅ》の陰《かげ》にぱっとかくれるのが見えた気がした。

その姿《すがた》を見つけた瞬間《しゅんかん》、わたしは心臓《しんぞう》をわしづかみにされたようになった。まわりにはほかに下校中の生徒はいない。街路樹《がいろじゅ》にかくれている男は、まちがいなくわたしのことをつけてきている。

まさか、ついに掲示板《けいじばん》でわたしの顔がばれてしまったのだろうか。それで校門の前で待ちぶせして、わたしの写真を撮《と》ろうとか、家をつきとめようとかしてるんじゃ……。

背筋《せすじ》がぞくっと冷たくなった。それでも勇気を振《ふ》りしぼって、わたしは尾行《びこう》に気づかなかったふりをすると、横断歩道を早足で渡《わた》りだした。

どうか勘《かん》ちがいでありますように。心からそう願っていたけれど、足音はまだわたしを追いかけてくる。

恐怖心《きょうふしん》をおさえきれなくなって、わたしはとうとう全速力で逃《に》げだした。

5 デジタルタトゥー

どんなに必死に逃《に》げても、追いかけてくる足音が消えることはなかった。

助けて、と大声で叫《さけ》びたくても、喉《のど》からは引きつった声がこぼれるだけだ。足がもつれて何度もころびそうになりながら、それでもなんとか駅への道を走り続けていると、涙《なみだ》でにじんだ視界《しかい》に、ふいに氷室《ひむろ》くんの姿《すがた》が見えた。

「赤沢《あかざわ》、どうしたんだ?」

尋常《じんじょう》じゃないわたしのようすを見て、氷室《ひむろ》くんがかけよってきてくれた。

「助けて! わたし、追われてっ……!」

しどろもどろなわたしの言葉に、氷室《ひむろ》くんがぎょっとした顔になった。それから氷《ひ》室《むろ》くんは、「かくれてろ」とすぐそばの自動販売機《じどうはんばいき》を指さして、追跡者《ついせきしゃ》のようすをうかがった。

「追いかけてきたのはどんなやつだ」

「く、黒ずくめの、背《せ》、高くて……」

自動販売機《じどうはんばいき》の陰《かげ》でふるえながらこたえると、氷室《ひむろ》くんはまたようすを確かめてから、

「いない」と短くつぶやいた。

「うそ、だってさっきまでずっと足音が聞こえて……」

わたしが懸命《けんめい》に訴《うった》えると、氷室《ひむろ》くんはこちらを振《ふ》り向《む》いて、ためらいがちに言った。

「たぶん、必死に走っていたら、他人の足音はまず耳に入ってこないと思う」

「じゃ、じゃあ、追いかけられてると思ったのは……」

全部、わたしの妄想《もうそう》だったのだろうか。素性《すじょう》を特定されるのを怖《こわ》がるあまり、その恐怖《きょうふ》がわたしに幻《まぼろし》を見せたのだろうか。

それがわかったとたん、体の力が抜《ぬ》けてしまって、わたしはその場にすわりこんだ。

両手で頭を抱《かか》えてちぢこまると、わたしは涙声《なみだごえ》で言った。

「もうやだ、なんでわたしがこんな目にあわなきゃいけないのよ……」

「赤沢《あかざわ》、ちょっと落ち着け」

氷室《ひむろ》くんの戸惑《とまど》った声を、わたしは「やめてよ！」と拒絶《きょぜつ》した。そして涙《なみだ》のたまった目で、氷室《ひむろ》くんの顔をにらみつける。

「もうわたしのことはほうっておいてよ！　氷室《ひむろ》くんも、わたしのこと軽蔑《けいべつ》してるんでしょ！　最低の盗撮犯《とうさつはん》だって思ってるんでしょ！」

かみつくようにそう叫《さけ》んでしまってから、わたしはわれに返ってうつむいた。

助けてくれた氷室《ひむろ》くんに、わたしはなんてことを言っているんだろう。わたしが後《こう》悔《かい》に押《お》しつぶされそうになっていると、氷室《ひむろ》くんの声が聞こえた。

「軽はずみなやつだとは思ってる」

わたしはびくりと肩《かた》をふるわせた。けれど、そのあとに続いた氷室《ひむろ》くんの声は、思いのほかやさしかった。

「だけど、ほうってはおけない。他人事とは思えないからな」

わたしがおそるおそるその顔を見上げると、氷室《ひむろ》くんはわたしを安心させるようにほほえんでみせた。氷室《ひむろ》くんのそんなやさしい表情を、わたしはこれまで見たことがなかった。

「他人事とは思えない、って……？」

不思議に思ってたずねてみたけど、氷室《ひむろ》くんはそれにはこたえずに、自動販売機《じどうはんばいき》にお金を入れてボタンを押《お》した。そして出てきた紅茶《こうちゃ》の缶《かん》を、わたしに差し出してくる。

「飲めよ、多少は落ち着くだろうから」

わたしはお礼を言うこともできず、ただためらいがちにその缶《かん》を受けとった。

恐怖《きょうふ》で冷たくなっていた手が、氷室《ひむろ》くんのくれた缶《かん》の温かさで、じわりと熱を取りもどした。

❖

駅前の公園のベンチにすわって、わたしは氷室《ひむろ》くんにもらった紅茶《こうちゃ》を飲んでいた。

氷室《ひむろ》くんはわたしのＳＮＳが炎上《えんじょう》したことを、数時間前にはじめて知ったのだという。わたしが保健室に行ったあとで、クラスの女子がその話をしているのを聞いて、心配してくれていたらしい。

「身元の特定は進んでないみたいだ」

氷室《ひむろ》くんが炎上《えんじょう》の状況《じょうきょう》を確認《かくにん》して教えてくれた。

「だが、まとめサイトに赤沢《あかざわ》の炎上《えんじょう》の記事がのったらしい。ほら、この記事だ」

氷室《ひむろ》くんがスマホの画面をわたしのほうに向けた。

画面に映《うつ》っていたのは、見おぼえのあるまとめサイトのトップページ。そこにのっていた、『ＪＫが爆笑《ばくしょう》写真で炎上《えんじょう》！　身元特定で祭りなるか⁉』という記事名を見て、わたしがひゅっと息をのむと、氷室《ひむろ》くんはあわてて、「すまん、見せるべきじゃなかった」と画面をかくした。

わたしは力なく首を横に振《ふ》ると、飲みかけの紅茶《こうちゃ》の缶《かん》を見おろして言った。

「ううん、もういいの。だって、しょうがないもんね。全部わたしが悪いんだから」

「いや、赤沢《あかざわ》だけが悪いわけじゃない」

氷室《ひむろ》くんがきっぱりと言った。その言葉におどろいて、わたしは隣《となり》にすわる氷室《ひむろ》くんの顔を見た。

「もちろん、赤沢《あかざわ》が写真を公開しなければ、炎上《えんじょう》はおこらなかっただろう。だけど赤《あか》沢《ざわ》は、炎上《えんじょう》がおきる前に、例の写真についてSNSでだれかに怒《おこ》られたり、注意をされたりしたか？」

「う、ううん、SNSでは、だれにも……」

「だろうな。つまり、普通《ふつう》なら穏便《おんびん》に注意して写真を削除《さくじょ》させればいいだけの話なのに、わざわざ掲示板《けいじばん》で大《おお》さわぎをして、炎上《えんじょう》をあおったやつらがいるんだ。そいつらがどうしてそんなことをしたかわかるか？」

わたしはちょっと迷ってから、掲示板《けいじばん》の怒《いか》りに満ちた言葉を思い出してこたえた。

「ただ注意するだけじゃ、罰《ばつ》がたりないって思ったから？」

「確かに、そんなふうに本気で怒《おこ》ってるやつもいるだろう。だけどおそらく、大半の連中はそうじゃない。赤沢《あかざわ》を攻撃《こうげき》するのが楽しいから、ストレスの発散になるから、そういう理由で炎上《えんじょう》を拡大《かくだい》させているやつが、たぶんおおぜいいる。相手は悪いことをしたのだから、よってたかって攻撃《こうげき》しても弱い者いじめにはならない。正義をなすという大義名分がある。そうやって他人を攻撃《こうげき》するのが好きな連中が、ネットの世界にはうようよいるんだ」

はっきりと嫌悪感《けんおかん》のにじみ出た声でそう話してから、氷室《ひむろ》くんはわたしのほうを向いて続けた。

「SNSで非常識なことや犯罪まがいのことをするやつを、むやみに擁護《ようご》するつもりはない。だけど、あやまちを犯したやつを正義面《せいぎづら》でおもしろ半分に追いつめ、デジタルタトゥーの犠牲者《ぎせいしゃ》をいたずらに増やす連中にも罪はある」

「デジタルタトゥー、って？」

「ネットで拡散《かくさん》した情報は、入れ墨《いずみ》と同じで簡単《かんたん》に消すことができないだろ。だからデジタルタトゥー。炎上《えんじょう》記事で実名や住所が特定されてネットでばらまかれたら、その情報は炎上《えんじょう》の事実といっしょに、その後の人生にずっとついてまわることになる」

入れ墨《いずみ》、とわたしはつぶやいた。それから自分の顔にきざまれた、大きな入れ墨《いずみ》を想像して恐《おそ》ろしくなる。この先ずっと消えない入れ墨《いずみ》が、今わたしの顔にきざまれようとしているのだ。

「……どうしたら許してもらえるんだろう」

わたしがうつむくと、氷室《ひむろ》くんがたしなめるように言った。

「赤沢《あかざわ》、あやまる相手をまちがえるなよ」

その言葉を聞いたわたしは、えっ、と一瞬《いっしゅん》とまどってから、すぐに大事なことを思い出した。ずっと忘《わす》れていた、とても大事なこと。

わたしがはっとして顔を上げると、そこで氷室《ひむろ》くんのスマホが鳴りだした。

「悪い、部長からだ」

氷室《ひむろ》くんがわたしにことわって、電話の相手と話し始めた。どうやら氷室《ひむろ》くんは新聞部の仕事中で、取材を終えて学校にもどるところだったらしい。

あやまる相手をまちがえるな。胸《むね》の中で氷室《ひむろ》くんの言葉を繰《く》り返《かえ》して、わたしはきゅっとくちびるを結んだ。

不安や恐怖《きょうふ》は消えないし、炎上《えんじょう》をしずめる方法もわからない。わたしにできることは、もう祈《いの》ることしかないのかもしれない。

だけどそれとは別に、わたしがまずしなくちゃいけないことはわかった気がした。

6　しなくちゃいけないこと

改札を出ていく人たちの顔を確かめて、わたしはふう、とため息をついた。

いつもとちがう駅のホームで、わたしは見つかるかもわからない相手の姿《すがた》をさがしていた。駅に着いてそろそろ二時間、そのあいだずっとホームのベンチにすわって、電車が到着《とうちゃく》するたびに、降《お》りてきた人たちの顔を確認《かくにん》している。

このぶんだと、今日もまた見つけられないかもしれない。弱気になりかけた心をふるいたたせて、じっと待っていると、まもなく次の電車が到着《とうちゃく》した。

今度の電車にも、さがしている相手はいなかった。けれどそのかわりに、高校のカバンを肩《かた》にかけた氷室《ひむろ》くんが、「よう」と手をあげてこっちにやってくるのが見えた。

「氷室《ひむろ》くん、どうして……」

「電車の窓《まど》から赤沢《あかざわ》の姿《すがた》が見えたから降《お》りてきた。炎上《えんじょう》した写真に写ってたじいさんをさがしてるんだろう？　そのじいさん、この駅で降《お》りたのか？」

うん、とわたしはうなずいた。

氷室《ひむろ》くんと話した日からずっと、わたしはこの駅で写真のおじいさんをさがしていた。勝手に写真を撮《と》って、顔をネットに公開してしまったことをあやまるために。

「氷室《ひむろ》くんに言われてわかったの。わたし、自分が許してもらうことばっかりで、本当にあやまらなくちゃいけない相手がいるのを忘《わす》れてた」

「いや、おれは心がまえの話をしたつもりで、本気で見つけようとするとは思ってなかったんだけどな。けど、どうせだからおれもいっしょにさがそう。特徴《とくちょう》を確かめたいから、例の写真を見せてくれ」

「えっ、悪いよ、氷室《ひむろ》くんにそこまでしてもらっちゃ……」

「べつに、おれが手伝いたいから手伝うだけだ」

氷室《ひむろ》くんはぶっきらぼうにこたえて、わたしの隣《となり》にすわった。

氷室《ひむろ》くんに写真を見せながら、わたしは不思議に思っていた。どうして氷室《ひむろ》くんは、こんなにわたしにやさしくしてくれるんだろう。

しばらくためらったあとで、わたしは思いあたることを聞いてみた。

「氷室《ひむろ》くん、この前言ってたよね。他人事とは思えないって。あれって、どういう意味だったの？」

氷室《ひむろ》くんは少しのあいだ黙《だま》ってから、前を向いて静かに話し始めた。

「兄貴《あにき》が大学生のとき、ＳＮＳで炎上《えんじょう》事件をおこしてるんだ。赤沢《あかざわ》のより、もっとひどいやつをな。コンビニのアイスケースに寝《ね》ころがった写真を公開して炎上《えんじょう》した大学生グループのニュース、赤沢《あかざわ》も知ってるんじゃないか？」

わたしはそれを聞いて目をまるくした。確かにそういう記事をニュースサイトで読んだおぼえはあった。似たような事件がいくつもおきているせいで、どれが氷室《ひむろ》くんのお兄さんの事件だったのかはわからないけど。

「兄貴《あにき》はその写真を撮影《さつえい》する役だったんだ。ＳＮＳで注目を集めようと、酔《よ》っぱらった勢いでやらかしたらしい。結果、大規模《だいきぼ》な炎上《えんじょう》になって、兄貴《あにき》は実名からなにからすべての個人情報をネットにばらまかれた。就職《しゅうしょく》が決まっていた会社にも苦情が届《とど》いて、結局兄貴《あにき》は内定取り消しになった」

「内定取り消しって、その会社に就職《しゅうしょく》できなくなったってこと？」

「ああ。ずっと行きたがってた会社だったから、事件のあとはショックを受けて引きこもってた。今はもう立ちなおって、別の会社に就職《しゅうしょく》もできたけど、まあ後悔《こうかい》はしてるだろうな」

それに、と氷室《ひむろ》くんはポケットからスマホを取りだして続けた。

「事件のときに特定された個人情報は、インターネット上に残ったままだ。この前も話したよな。デジタルタトゥー、消えない傷《きず》だ。今でも兄貴《あにき》の名前で検索《けんさく》をかけると、炎上《えんじょう》事件の記事が出てくる。だから兄貴《あにき》は新しい知りあいができるたびに、名前を検《けん》索《さく》されないか戦々恐々《せんせんきょうきょう》としてる」

氷室《ひむろ》くんの声は淡々《たんたん》としていたけど、そのかたい表情に、わたしは炎上《えんじょう》事件が残した傷跡《きずあと》の大きさを感じた。

氷室《ひむろ》くんの話を聞いていたら、不安がますますふくらんでしまって、わたしは暗い声で言った。

「……わたしも、そうなっちゃうんだね」

「いや、赤沢《あかざわ》の場合、この数日ほとんど個人情報の特定が進んでないだろ。おれも赤《あか》沢《ざわ》の過去の書きこみをひととおり確かめてみたけど、SNSを始めて日が浅いこともあって、たぶんもう身元を特定できる情報が、赤沢《あかざわ》のSNSにはないんだ。だからこのままなにもなければ、炎上《えんじょう》も自然におさまるかもしれない」

あくまで、かもしれない、だけどな。氷室《ひむろ》くんはそうつけ加えた。

どうかそうなってほしい。わたしが胸《むね》の中で祈《いの》っていると、氷室《ひむろ》くんが突然《とつぜん》、「悪かった」とあやまってきた。

おどろいて氷室《ひむろ》くんの顔を見ると、氷室《ひむろ》くんは目をふせて言った。

「最初にあの写真を見たとき、削除《さくじょ》するようもっと強くすすめるべきだった。そうすればこんなことにはならなかった」

「そんな、氷室《ひむろ》くんのせいじゃないよ。逆に氷室《ひむろ》くんのアドバイスがあったから、炎《えん》上《じょう》直前にプロフィール画像もかえられたし、パニックになってるところを助けてもらったし、それに氷室《ひむろ》くんのおかげで、あやまらなくちゃいけない相手のこともわかったし、だから……」

ありがとう、とわたしは心から氷室《ひむろ》くんに言った。

「いや、べつに……」

氷室《ひむろ》くんが言いかけたところで、ホームに電車がやってきた。そちらを振《ふ》り向《む》いたわたしは、ずっとさがしていた相手が、今まさに電車から降《お》りてくるのを見つけた。

まちがいない。写真を撮《と》ったときと服もいっしょだ。

わたしの反応を見て、氷室《ひむろ》くんもおじいさんに気づいたようだった。

「おい、あそこにいるのがそうなのか?」

「うん、だけど……」

すぐにあやまりにいかなくちゃ。そう思っているのに、体が動かなかった。

だって、わたしはあのおじいさんの顔をネット上にさらして笑い者にしてしまったのだ。どんなに怒《おこ》られるかわからないし、許してもらえるかもわからない。

わたしがおじけづいているうちに、おじいさんは改札を出ていってしまった。それでもわたしが動けないでいると、氷室《ひむろ》くんがわたしの背中《せなか》をやさしくたたいた。

はっとして振《ふ》り返《かえ》ったわたしに、氷室《ひむろ》くんが無言でうなずいてみせた。その力強い表情に勇気をもらって立ち上がると、わたしは大いそぎでおじいさんのあとを追いかけた。

＊エピローグ

いつもの電車に乗ってすぐ、近くにすわっていたトーコが「カレン、こっちこっち」と手まねきをしてきた。おはよう、とあいさつしてすすめられた席にすわると、わたしはトーコたちとおしゃべりを始めた。

炎上中《えんじょうちゅう》にわたしをさけていた友だちは、最近また何ごともなかったように親しくしてくれるようになった。だからわたしもこれまでどおり、みんなとつきあうようにしていた。

「カレンってさあ、もうSNSはやらないわけ？　またカレンが撮《と》ったおもしろい写真とか見たいんだけどなあ」

「そうだよ、そりゃあこの前の写真はちょっとまずかったけどさ、そろそろまた始めてもいいんじゃないの？」

二人の言葉に、「うん、まだちょっとね」とあいまいにこたえていると、写真のおじいさんを見つけた駅に着いた。せわしない駅の景色をながめながら、わたしはそのときのことを思い出した。

おじいさんは炎上《えんじょう》のことをまったく知らなかった。顔の写った写真をネットで公開してしまったことをあやまってもきょとんとしていて、実際に写真を見せると大笑いしていた。

一生懸命《いっしょうけんめい》あやまっているうちに泣きだしてしまったわたしを、おじいさんと氷室《ひむろ》くんが二人がかりでなぐさめてくれた。写真が原因で、わたしがたくさんの人に攻撃《こうげき》されていることを氷室《ひむろ》くんが説明すると、おじいさんはわたしのことを心配してくれて、なにかできることはないかと言ってくれた。そのやさしさに、わたしはますます涙《なみだ》が止まらなくなってしまった。

その後、わたしはおじいさんに直接あやまったことをSNSで報告した。アカウントにかけていた鍵《かぎ》をはずして、だれにでも読めるようにして。

SNSのアカウントは、そっとしておいたほうがいいんじゃないかと迷ったけれど、このことはきちんと報告をしなくてはいけないという気がしていた。

写真のおじいさんを見つけて謝罪をしました、わたしの非常識な行為《こうい》でみなさんにも不愉快《ふゆかい》な思いをさせてすみませんでした。SNSにそんなメッセージをのせると、うそをつくなとか、謝罪をした証拠《しょうこ》を見せろといった非難《ひなん》が、すぐさま大量に送られてきた。わたしはそのすべてに、ごめんなさい、すみません、とひたすらあやまり続けた。

その報告と対応に、意味があったかどうかはわからない。けれどそれから一週間がすぎて、わたしのSNSの炎上《えんじょう》は鎮火《ちんか》しつつあった。

学校に着いたあと、日直の仕事で職員室に日誌《にっし》を取りにいった帰りに、わたしはふと立ち止まって、ポケットからスマホを取りだした。

炎上《えんじょう》はもうほぼおさまっている。今朝確認《かくにん》したときも、新たな書きこみは増えていなかった。

だけど、このまま完全に火が消えてくれるかどうかはわからない。またなにかのきっかけで、消えかけた炎《ほのお》が燃え上がることがあるかもしれない。そう考えると心配で、わたしはまだ頻繁《ひんぱん》に、掲示板《けいじばん》の状況《じょうきょう》に変化がないか、確認《かくにん》せずにはいられないでいた。

胸《むね》の底に残っているこの不安は、いつになったら消えてくれるのだろう。ため息をついて窓《まど》のほうを見ると、窓《まど》ガラスにわたしのうかない顔がうつっていた。その顔に大きな入《い》れ墨《ずみ》がきざまれているように見えて、わたしは心臓《しんぞう》が冷たくなるのを感じた。

はっとわれに返ってぶるぶると首を振《ふ》ると、入《い》れ墨《ずみ》の幻覚《げんかく》はもう消えていた。それからまたため息をついて、教室にもどろうとしたところで、わたしは知らない上級生に声をかけられた。

「もしかして、一年D組の赤沢《あかざわ》カレンくん？」

話しかけてきたのは、ひょろっとした男の先輩《せんぱい》だった。うわばきの色を見ると三年生らしい。

その先輩《せんぱい》がいきなり、「ぼくはこういう者なんだけど」と言って、わたしに名刺《めいし》を差し出してきた。びっくりしながら受けとると、名刺《めいし》には知らない名前と『新聞部部長』という肩書《かたが》きが記《しる》してあった。

「新聞部……」

とっさに頭をよぎったのは、また炎上《えんじょう》事件のことだった。もしかしてこの先輩《せんぱい》は、炎上《えんじょう》したSNSのアカウントがわたしのものだとつきとめて、校内新聞の記事にするために、取材にやってきたんじゃないだろうか。

思わずあとずさりをしてしまったけど、相手の用事はまったく別のことだった。

「単刀直入に言おう。赤沢《あかざわ》くん、新聞部に入部する気はないかい？」

「えっ、わたしが、新聞部にですか？」

戸惑《とまど》うわたしに向かって、先輩《せんぱい》は「そのとおり！」と芝居《しばい》がかったしぐさで指を立ててみせる。

「わが新聞部は現在人手不足でね。特に有能なカメラマンを募集《ぼしゅう》していたんだ。そうしたら後輩《こうはい》の一人が、きみのことを強く推薦《すいせん》するものだから……」

もしかしてその後輩《こうはい》って、と思っていたら、「部長」と不機嫌《ふきげん》な声が聞こえた。わたしがドキッとして振《ふ》り返《かえ》ると、氷室《ひむろ》くんがいつもどおりの無愛想《ぶあいそう》な顔で、こっちにやってくるところだった。

「おお氷室《ひむろ》くん、今ちょうど、きみが推薦《すいせん》してくれた赤沢《あかざわ》くんを勧誘《かんゆう》しているところで……」

「赤沢《あかざわ》の勧誘《かんゆう》はおれがするって、昨日言ったばかりでしょう」

「いやあ、天性の才能を持つカメラマンの卵《たまご》と聞いては、じっとしていられなくてね」

「おれはセンスがいいって言っただけですよ。勝手に話をふくらませないでください。赤沢《あかざわ》のプレッシャーになります」

氷室《ひむろ》くんは三年生の先輩《せんぱい》にも容赦《ようしゃ》がなかった。部長さんをにらんでいる氷室《ひむろ》くんに、わたしは遠慮《えんりょ》がちに問いかけた。

「氷室《ひむろ》くんが、わたしを推薦《すいせん》してくれたの？」

「ああ、もともと赤沢《あかざわ》はいい写真を撮《と》ると思ってたからな。いずれさそってみるつもりだった」

「けど、わたしはもう写真は……」

わたしは言葉をにごして目をふせた。

ＳＮＳが炎上《えんじょう》したあと、わたしはまったく写真を撮《と》っていなかった。撮《と》りたいな、と思う景色に出会っても、無意識にブレーキがかかってしまう。撮《と》ってはいけないような気分になってしまうのだ。

けれどわたしがうつむいていると、氷室《ひむろ》くんがおだやかに言った。

「部長が話をしたかもしれないが、新聞部は人手がたりないんだ。だから赤沢《あかざわ》が入部してくれたら、とても助かる。それに赤沢《あかざわ》だったら、だれかを傷《きず》つけたり、プライバシーをおかしたりするような写真は、もう絶対に撮《と》らないだろう？」

わたしは氷室《ひむろ》くんの顔を見上げた。氷室《ひむろ》くんの言葉が、じわっと熱くわたしの胸《むね》に広がっていった。

まちがいを犯してしまったわたしを、氷室《ひむろ》くんは信頼《しんらい》して必要としてくれている。氷室《ひむろ》くんのその気持ちにこたえたい。わたしは強くそう思った。

しばらく静かにしていた部長さんが、またぺらぺらとしゃべりだした。

「まあほら、返事はすぐでなくていいからさ。けどせっかくだし、今日の放課後にでも新聞部の見学にこないかい？　それでまずは仮入部って形で……おっと、なんて言ってたらこんなところに仮入部届《とど》けの用紙が」

「そろそろチャイムが鳴るな。教室に帰ったほうがいい」

氷室《ひむろ》くんが部長さんを無視《むし》して教室にもどり始めた。部長さんが「あれっ、氷室《ひむろ》くん!? ぼくのあつかいひどくない!?」と声をあげる。

おおげさになげいている部長さんと、足早にさっていく氷室《ひむろ》くんの後《うし》ろ姿《すがた》をおろおろと見くらべてから、わたしはぺこりと部長さんにお辞儀《じぎ》をして、氷室《ひむろ》くんのあとを追いかけた。

「言っておくが、もし赤沢《あかざわ》が入部したら、同級生でもおれのほうが先輩《せんぱい》だ。こき使ってやるから覚悟《かくご》しておけよ」

氷室《ひむろ》くんが前を向いたまま言った。照れかくしのようなそのせりふに、「うんっ」と笑顔でこたえて、わたしは氷室《ひむろ》くんの隣《となり》にならんだ。

解説

ITジャーナリスト　高橋暁子

◎盗撮《とうさつ》など、他人に不快に思われる行動をすると〝炎上《えんじょう》〟する

SNSを使っていると、周囲の反応が気になるものです。反応が来るとうれしく、もっと反応がほしい、もっとウケることを投稿《とうこう》したいという気持ちになってしまいます。それゆえ、投稿《とうこう》内容が徐々《じょじょ》に過激《かげき》になっていく人がたくさんいます。カレンも氷室《ひむろ》くんに笑ってほしくて、つい〝盗撮《とうさつ》〟という行為《こうい》に走ってしまいました。しかし、盗撮《とうさつ》などの迷惑行為《めいわくこうい》や差別的な言動、自らの犯罪行為《こうい》、モラル・マナーの違反行為《いはんこうい》などをSNSで投稿《とうこう》すると、炎上《えんじょう》することがあります。

炎上《えんじょう》するとどうなるのでしょうか。停学、退学、内定取り消し、退職処分《しょぶん》、賠償請求《ばいしょうせいきゅう》、逮《たい》捕《ほ》・書類送検など、実生活に重大な影響《えいきょう》が出てしまった人は少なくありません。さらに本名が特定されることもあり、名前で検索《けんさく》すると炎上《えんじょう》事件や個人情報が表示されるようになってしまうことも多いのです。そうなると、一生、炎上《えんじょう》事件の影響《えいきょう》から逃《のが》れられなくなってしまいます。

◎非難《ひなん》されたら言い返さずにひたすら謝罪する

炎上《えんじょう》した後のカレンは、非難《ひなん》に対して言い返してしまったことで、炎上《えんじょう》が悪化しています。一方的に非難《ひなん》されると言い返したくなりますが、言い返して状況《じょうきょう》が好転することはありません。完全な誤解《ごかい》であれば説明は必要ですが、カレンのように自分に非がある場合は、見知らぬ他人からの非難《ひなん》も甘《あま》んじて受け、ひたすら謝罪に努めるほうが、結果的に炎上《えんじょう》が早く沈静《ちんせい》化《か》しやすいので覚えておきましょう。

◎SNSには個人情報を載《の》せすぎない

カレンは、炎上《えんじょう》を起こす前に、氷室《ひむろ》くんのアドバイスにしたがってプロフィール写真を顔写真から猫《ねこ》の写真に変更《へんこう》していました。さらに、本名ではなく匿名《とくめい》で利用していました。このように、SNSに載《の》せる個人情報はなるべくひかえめにしたり、公開範囲《はんい》を友だち限定にしたりすると、問題は起きづらくなります。カレンはSNSを始めて日が浅かったこともあって、個人の特定にはいたりませんでしたが、それでも住んでいる地域《ちいき》や学校名が特定されています。SNSを使うだけで、思ったよりも多くの情報を周囲にばらまいているので、個人情報の管理には、くれぐれも気をつけましょう。

炎《ほのお》のループ

鎌倉ましろ

1 投《とう》稿《こう》

その日の朝、美晴《みはる》はいつもは通りすぎるだけの商店街の途中《とちゅう》で歩みを止めた。

三月七日、月曜日、朝七時四十分。

駅の東口から続く商店街はどこもシャッターが閉《し》まっている。街灯に取りつけられたピンク色の花飾《はなかざ》りが、まだ冷たい春の風にゆれていた。

けれど、美晴《みはる》が見ていたのは、ひな祭りをすぎてもまだ残っている頭上の花飾《はなかざ》りではなかった。美晴《みはる》も行ったことがある食堂の張り紙だ。赤や青のスプレーでよごれたシャッターの中央に、それはガムテープでとめられていた。

落書きをした人へ
　この店は、亡《な》き両親から譲《ゆず》り受《う》けて、必死で切《き》り盛《も》りしてきました。四人もすわればぎゅうぎゅう詰《づ》めになるテーブル席が三つと、五人掛《が》けのカウンター。たったそれだけの店ですが、わたしが働きざかりだった二十年ほど前までは、毎日、お昼時になると常連のお客さんでにぎわっていたものです。
　閑古鳥《かんこどり》が鳴いている商店街の、さびれた食堂だと思ったのでしょうね。だけど、それはちがいますよ。わたしにとっては、大切な大切な、子どものような存在《そんざい》です。特に両親が亡《な》くなってからは、ここに来れば在《あ》りし日《ひ》の父や母と会えるような気持ちで働いてきました。
　この落書きを見て、とても胸《むね》を痛《いた》めています。こらしめてやろう、賠償《ばいしょう》してもらおうなどという気持ちはありません。ただ、「ごめんなさい」と申し出てほしい。それだけです。

店主より

食堂のおばちゃんが書いたとおぼしき張り紙を読み終えた美晴《みはる》は、おもむろに制服のポケットからスマホを取り出すと、その張り紙に向けてシャッターを切った。

「ちょっと、ちょっと、こんなことになってるんですけど！！！！」と入力して、おととい撮《と》っておいた写真も一緒《いっしょ》に添付《てんぷ》する。

おとといの土曜日の夜のことだった。塾《じゅく》を終えた美晴《みはる》が、友人の紗知《さち》と一緒《いっしょ》に商店街を歩いていると、笑い声が聞こえてきたのだ。

顔を向けると、ちょうど今、美晴《みはる》が足を止めているこのあたりで、二人の男子高校生がさわいでいるのが見えた。S高校の生徒だった。地元では超《ちょう》がつくほど有名な進学校だし、他校にはないグリーンのブレザーだったから、すぐにわかった。

近くで音楽が流れていたから、てっきりダンスの練習でもしているのだと思った。するど、紗知《さち》が美晴《みはる》の耳元でささやいたのだ。「もしかして、落書きしてる？」と。

あらためてS高校の男子に注目すると、確かにスプレー缶《かん》を持っていた。音楽のリズムに合わせて、商店街のシャッターにカラフルなスプレーでかわるがわる落書きしている。

「サイテー」

美晴《みはる》はそうつぶやきながら、すぐさまスマホでS高生たちの写真を撮《と》った。

音楽がかかっていたせいで、S高生二人がシャッター音に気づくことはなかった。

「もしかして、SNSにアップするの?」

紗知《さち》にそう聞かれて、美晴《みはる》は「うーん」と首をかしげた。それから、スマホをポケットにもどしたのだった。

あのとき、なぜ、自分は写真を撮《と》ったのだろう?

食堂のシャッターに落書きするS高生を目にした瞬間《しゅんかん》、とがめるような、断罪するような気持ちにかられたからだ。

美晴《みはる》の家は花屋をいとなんでいる。もし、両親が大切にしている店舗《てんぽ》のシャッターに落書きされたらと想像すると、いてもたってもいられなかった。

それに、名門高校の生徒という点も気に食わなかった。今、美晴《みはる》は一年後の大学受験を意識して、せっせと塾《じゅく》に通っているが、思うように成績が上がらない。よほどの奇跡《きせき》がおこらないかぎり、大学受験でもS高生にはかなわないだろう。

一瞬《いっしゅん》のあいだにそれらのことを考えたわけではなかったが、とにかく気分がよくなかった。

そして、今、食堂のおばちゃんが書いた張り紙を読んだ美晴《みはる》は、あのとき、どうしてすぐに問題の写真をSNSにアップしなかったのかと後悔《こうかい》した。

だれがどう考えたって、商店街のシャッターに落書きをするのはよくないことだ。最低のおこないだ。

幸い、自分は犯人を知っている。食堂のおばちゃんにかわって、あの二人を許すわけにはいかないと思った。

「送信」

美晴《みはる》はそうつぶやくと、二枚《まい》の写真をスマホでSNSに投稿《とうこう》した。

SNSに写真がきちんと反映《はんえい》されているのを確認《かくにん》してから、美晴《みはる》は学校への道をいそいだ。

2 着火

――うわ～～っ。これはひどい！

――おばちゃんカワイソ……

――こういう子ってさ、どうして、やっていいことといけないことの区別がつかないのかね？

――最近のS高って、こんなのしかおらんのかいな。今すぐ、あやまりにいくレベル！！！

美晴《みはる》がSNSにアップした写真には、すぐに友人から反応があった。

そこには、あの日、一緒《いっしょ》に落書き現場を目撃《もくげき》した紗知《さち》からのコメントもあった。

――あっ！　このあいだ塾《じゅく》の帰りに目撃《もくげき》したやつ！　ついにアップしたんだね～

美晴《みはる》はそのコメントの一つひとつに返信していった。

「やっぱりそう思うでしょ？」

「うんうん！　おばちゃんがかわいそうだよね」

「ホント、信じられないよねー」

「そうだ、そうだ!!　早くあやまってこい」

友人に共感してもらえたことがうれしかったし、自分は正しいおこないをしたのだという確信も得られた。おおぜいの味方がいるようで、心強くもあった。

これがS高生の目に触《ふ》れて、早く食堂のおばちゃんにあやまりにいってくれたらいいのに。

美晴《みはる》はそんなふうに思っていた。

美晴《みはる》が「あれっ？」と思ったのは、写真を投稿《とうこう》してから数時間がすぎたころだった。

——S高生が落書きとか、世も末だな
——頭いいんだろ？　どうせ書くなら数式とか化学式でも書いとけよ、クズｗｗｗ
——これでS高の偏差値《へんさち》、五は下がっただろ。来年受験のやつ裏山《うらやま》～

昼休みにSNSをチェックすると、知らないユーザーからのコメントがいくつもならんでいた。

どうやら、今朝、美晴《みはる》がアップした写真はいつの間にか拡散《かくさん》されて、不特定多数のユーザーにシェアされていたようだ。

ところが、その数が半端《はんぱ》ではなかった。

昨日まで二けただった美晴《みはる》のＳＮＳのフォロワー数は、すでに三けたに達していた。

すごい！　わたしがアップした写真がこんなに注目されるなんて。あのとき、勇気を出して写真をアップして、本当によかった。

ドキドキと高鳴りだした心臓《しんぞう》。スマホを操作《そうさ》する指先がかすかにふるえた。

と、そのときだ。

「美晴《みはる》！」

名前を呼《よ》ばれて振《ふ》り向《む》くと、隣《となり》のクラスの紗知《さち》が廊下《ろうか》から手を振《ふ》っていた。

「どうしたの？」

紗知《さち》とは、中学校の三年間、クラスも部活も同じだった。高校に入ってからはクラスが離《はな》れてしまったが、今も同じ塾《じゅく》に通っている。放課後になれば顔を合わせるけれど、昼休みにわざわざ教室まで訪《たず》ねてくるなんてめずらしい。

不思議に思ってかけよると、紗知《さち》はスマホをかざしてみせた。どうやら、食事を終えたタイミングで紗知《さち》もＳＮＳをチェックしていたようだ。

「どうしたの？　じゃないってば。ネットが大変なことになってるよ」

「もしかして、ＳＮＳのコメントのこと？　拡散《かくさん》されて、すっごい注目されてるみたいなんだよねー」

「いやいや、これはすごいなんてものじゃないよ。ほら、ここ見てごらん」

紗知《さち》はいつになく興奮《こうふん》した口調でそう話すと、自分のスマホを押《お》しつけてきた。

「『超《ちょう》名門Ｓ高　バカ生徒の落書き』……。え。なに、これ？」

「なにって、『まとめサイト』に決まってるじゃん。暇《ひま》なネット住民たちが、さっそく犯人さがしに乗りだしたんでしょ」

そのまとめサイトには、美晴《みはる》がアップした写真が使われていた。商店街のシャッターに落書きしているＳ高生二人の後《うし》ろ姿《すがた》と、今朝になってシャッターにはられていた張り紙の二枚《まい》だ。

二枚《まい》の写真の下には『拡散希望《かくさんきぼう》』の太い文字。ページの後半は掲示板《けいじばん》になっていて、『胸《むな》くそ悪いな』『おまえら全力だ！！！』『特定はよ』『落書きとはいえ、これは犯罪だろ』など、あおるようなコメントがならんでいる。

まるで美晴《みはる》自身がそのページを立ち上げたかのようにも見えるが、もちろん、そんなことはしていない。

「まさか、あのときの写真がこんなに話題になるなんて、びっくりしちゃった。やっぱ、名門校の生徒っていう点が炎上《えんじょう》のポイントだったのかなぁ？」

紗知《さち》にそう言われた瞬間《しゅんかん》、美晴《みはる》はハッとした。

そうか、「炎上《えんじょう》」だ。

炎上《えんじょう》とは、ＳＮＳにアップした写真や記事がきっかけで、ネットがお祭りさわぎになること、不祥事《ふしょうじ》をおこした人物が、ネット住民によってたたかれること。

これまでも「炎上《えんじょう》」という単語は見聞きしていたが、まさか自分が発信した写真がもとでネットにまとめサイトが登場し、特定の人物が責められることになるなんて、考えたこともなかった。

けれど、この時点ではまだ、美晴《みはる》は真の怖《こわ》さには気づいていなかった。

「もう、紗知《さち》ってばぁ。『炎上《えんじょう》』なんて大げさだって。ニュースも何もないような田舎《いなか》だから、みんな暇《ひま》つぶしでさわいでるだけだって」

美晴《みはる》はお気楽な調子で、紗知《さち》にそう言い返したのだった。

3 消火？

「落書き」のまとめサイトは、日々《ひび》刻々《こっこく》と、ネット住民の注目を集めていった。

「わっ。また『いいね』が増えてる！」

美晴《みはる》がサイトをチェックするたびに、「いいね」の数が増加していた。しかも、S高生を非難《ひなん》するコメントばかりだ。

——S高校への*電凸《でんとつ》マダー

——エリートからの転落とか、飯《めし》うまー

——おい、スネーク班《はん》出番だぞ!!　本気になれば個人情報くらい朝飯前だろ

——ガキが人生詰《つ》むまで、シェアして拡散《かくさん》の流れでOK？

電凸《でんとつ》……電話突撃《とつげき》取材。電話で確認・取材し、その結果を報告すること。

――こりゃ、退学で決まりだなｗｗｗ

やっぱり、落書きは許されないことだったのだ。

自分の写真がきっかけでネットの声が大きくなっていくのを見ていると、自分は正しいことをしたのだと思えた。

中学時代の友だちで、S高校に進学した夕貴《ゆうき》の話によると、S高校でも今回の事件はかなり話題になっているらしい。職員室の電話はクレームやいたずらで鳴りっぱなしで、先生たちは対応に追われていると話していた。すでに、クラス担任《たんにん》と例の生徒二人で食堂のおばちゃんには謝罪に行き、責任を取ってシャッターの落書きを消したとか。

事態が大きく動いたのは、美晴《みはる》があの写真を投稿《とうこう》してから二日後の水曜日のことだった。

朝、いつものように、美晴《みはる》が落書き事件の成り行きをスマホでチェックしながら歩いていると、S高生二人の氏名や卒業した中学校、家族構成、住所などの個人情報がネット上にさらされているのを見つけた。

うわ……。こういうのって本当に特定されちゃうんだ。でも、仕方ないよね。悪いことをしたのは本人たちなんだから。

そんなことを思いながら二年三組の教室に入っていくと、教室中が落書き事件の話題で持ちきりになっていた。

「犯人、俺《おれ》らと同じ二年らしいじゃん。ウーパールーパーに顔が似てるからウパ男とか呼《よ》ばれてんだろ?」

「ウパ男? まじウケるんですけど! ウパ男がダンス部に入っちゃダメっしょ」

「ウパ男じゃないほうの妹は激《げき》カワらしいぞ」

「あっ、そいつなら、ウチの弟と中学のクラスが一緒《いっしょ》だけど、さっそく学校休んでるらしいぜ。明日、集合写真を持ってきてやるよ」

「うちの母親なんて、ウパ男の母親とパート先が同じだからね！　このあいだ、手づくりのマドレーヌもらったんだけど、今になって胃のあたり気持ち悪いし」

「えー、それ関係ないじゃん」

クラスメートたちは、入ってきたのが美晴《みはる》だとわかると、すぐに取りかこんだ。

「ね、ね、最初に事件をスクープしたの美晴《みはる》なんだって？」

「SNSにアップするとか、すごい勇気」

「今じゃ、フォロワー数もうちらとはけたちがいだし、なんか美晴《みはる》まで有名人になっちゃった気分」

そう言われて、美晴《みはる》は「ははは。そんなことないよ。有名人なんて、大げさだよー」と笑った。

まったく悪い気はしなかった。

そして、その二日後の金曜日の夕方、ついにS高校がホームページにお詫《わ》び文《ぶん》を掲《けい》載《さい》した。

本校生徒がご迷惑《めいわく》をおかけした事案について

平成二十八年三月五日、東口商店街内で、本校生徒が問題行動を起こし、関係者の皆様《みなさま》に多大なるご迷惑《めいわく》をおかけし、広く社会をお騒《さわ》がせいたしました。社会的ルール及《およ》びマナーの遵守《じゅんしゅ》について指導が徹底《てってい》できなかった点を深くお詫《わ》び申し上げます。

今後、保護者会を開催《かいさい》して本事案の概要《がいよう》をお伝えすると同時に、今後の学校運営、教育指導のあり方についても説明いたします。また、全校集会においても生徒に説明し、あらためて社会的ルール及《およ》びマナーを守ることの大切さを確認《かくにん》するとともに、モラルの向上に努めて参ります。

平成二十八年三月十一日

○○県立S高等学校　校長 ○○○○

週が明けた月曜日の朝、美晴《みはる》が校門をくぐったところで、「美晴《みはる》ーっ」と背中《せなか》に声がぶつかった。

「あっ、紗知《さち》。おはよう」

「おはよ。あれ、なんか美晴《みはる》、顔が疲《つか》れてない？　もしかして寝不足《ねぶそく》？」

「ううん、そんなことないよ……」

じつのところ、昨夜はうまく寝《ね》つくことができなかった。

ネットにまとめサイトが登場してからというもの、事件はまるでみずからの意志を持ったかのように成長していく。情報はすさまじい勢いで不特定多数のユーザーに共有され、美晴《みはる》がアップした写真もあっという間に拡散《かくさん》されてしまった。

最初のころこそ、注目されてうれしくもあったけれど、今ではあせりのようなものを感じている。

紗知《さち》はまじまじと美晴《みはる》の顔を見ていたが、すぐに話題をかえた。

「それはそうと、もうネット見たよね？」

「ネット？　ああ、S高がお詫《わ》び文《ぶん》を出したこと？」

「ちがう、ちがう。わたしが言ってるのは、こっち。すごいことになってるんだよ」

紗知《さち》が差し出したスマホには「落書き」事件の掲示板《けいじばん》が表示されていた。

――さっさと犯人を退学させろよ！！！！
――クズが反省なんてするわけない
――退学処分《しょぶん》が妥当《だとう》ｗｗｗ
――S高校落ちたオレ、まさかの勝ち組
――そもそも高校は義務教育じゃないんで、ここは退学の一択《いったく》で！！！
――謝罪なんていいから、退学はよｗｗ

二人のＳ高生の退学をあおるコメントばかりがならんでいた。

もちろん、すでに美晴《みはる》もチェックずみだ。

「あの二人は学校を休んでるみたいだよね。もしかすると、自主退学の流れになるんじゃないかって」

「なに、そのうわさ？　夕貴《ゆうき》がそう言ってたの？」

美晴《みはる》は、Ｓ高校に通っている共通の友人の名前をあげた。

うなずいた紗知《さち》を見て、胸《むね》のモヤモヤが増していく。

「どっちかのお母さんが倒《たお》れたらしいよ。市立病院の入院病棟《びょうとう》の廊下《ろうか》を歩いてるところを目撃《もくげき》されたって。しかも、ただ歩いてるんじゃなくて、目がうつろっていうの？　表情が死んじゃってるみたいだったって」

「それって、ヤバいんじゃないの？」

美晴《みはる》は言った。

「まぁ、ただのうわさかもしれないけど。でも、ネットの掲示板《けいじばん》にも本人っぽい書きこみがあるらしくてさ、『死にたい』『生きてるのがつらい』って書いてあるみたい。妹がいるほうのS高生は『妹を誘拐《ゆうかい》してやる』とかネットで脅《おど》されてるみたいだし、写真も一家全員のが出まわってるんだって。ここまでくると、冗談《じょうだん》抜《ぬ》きで人生詰《つ》んじゃった感じだよねー」

紗知《さち》の話を聞くうちに、美晴《みはる》はどんどん不安になっていった。

確かに、食堂のシャッターに落書きしたのはS高生二人でまちがいない。とはいえ、自分がSNSにアップした写真がきっかけとなって、これだけのさわぎを引きおこしてしまった……。

そのことを、はじめて美晴《みはる》は心苦しく感じた。

写真をアップした瞬間《しゅんかん》に強く感じた正義感も、あの二人を断罪するような気持ちも、すでになくなっていた。すっかり自分の手から離《はな》れて、日に日に大ごとになっていく事件に対して、どう振《ふ》る舞《ま》っていいか、わからなくなっていた。

そして、このあと、事態は急転する。

4 逆炎上《ぎゃくえんじょう》

自分は関係ない、はずだった……。

食堂のシャッターに落書きしたのは美晴《みはる》ではない。食堂のおばちゃんを悲しませたのも美晴《みはる》ではない。そもそも、ネット住民がたたいていたのだって、美晴《みはる》ではなかった……はずだ。


——落書きとか許せないのわかるけど、本人の許可なく写真アップするとか、どうなの？？？

——S高生を追いこんだ女子高生のSNSはここですか～

——エリートを転落させてほくそえんでるとか、クソだなこのあいだまで、食堂のシャッターに落書きしたS高生を責め、個人情報をあぶりだせとあおっていたネット住民たちは、希望どおりにS高生が特定されて、S高校がお詫《わ》び文《ぶん》を出すと、態度を一転させた。

今度は、問題の写真を撮《と》ってSNSにアップした美晴《みはる》自身を責めるようになったのだ。たかが落書き程度で将来《しょうらい》あるS高生を不登校にするのはよくないと言い始めたのだった。

「なによ、これ。どうして、わたしが攻撃《こうげき》されなくちゃいけないわけ?」

これまで美晴《みはる》がチェックしていたまとめサイトの論調《ろんちょう》も、一気に美晴《みはる》を責めるものへとかわった。ネットには、新たに『B級女子高生が前途《ぜんと》ある超《ちょう》名門S高生を追いつめた結果ｗｗｗ』という、「まとめのまとめサイト」まで登場したほどだ。

——落書きを傍観《ぼうかん》してた投稿者《とうこうしゃ》は犯人と同じ高校なの？？

——投稿者《とうこうしゃ》の特定はよ！！！

——スネーク班《はん》、全力な！！！！！！

——高校どこー？？

——最近の高校生はバカばっかだな。こりゃ、日本沈没《ちんぼつ》も近いだろ

美晴《みはる》のＳＮＳのアカウントには、見知らぬ人から大量のコメントが送りつけられるようになっていった。

もちろん、美晴《みはる》は黙《だま》っていなかった。ＳＮＳで反論《はんろん》をこころみたのだ。

——わたしを責めてる人たちがいますけど、いったい、わたしが何をしたって言うんですか？

――確かに、S高生の落書き写真を撮《と》ってアップしました。だけど、みんなも最初はその写真をシェアして、S高生のことを責めてましたよね？

――どうして、今さら、わたしがたたかれなくちゃいけないのかなぁ……

――あのー、遊び半分であおってる人たちがいるみたいですけど、ホントやめてもらえますか？　上から目線でお説教してくる人とか、はっきり言って迷惑《めいわく》です！！！


その数時間後のことだった。

美晴《みはる》が家族と一緒《いっしょ》に夕食をとっていると、電話が鳴った。隣《となり》に併設《へいせつ》されている花屋からの転送のようだ。

「はい、樋口《ひぐち》生花店です！」

いつもどおり、父が電話に出る。

「ひょっとして、だれか亡《な》くなったのかしら」

母はそうつぶやくと、在庫の花で対応できるか確かめるために食卓《しょくたく》を立った。花屋をやっていると、こんなふうに急な冠婚葬祭《かんこんそうさい》の依頼《いらい》も入ってくる。

けれど、母がダイニングから廊下《ろうか》へ出ようとした瞬間《しゅんかん》、父が受話器を置いたのだ。

「いや、行かなくていいよ」

「そう？　お花の依頼《いらい》かと思ったんだけど、ちがったの？」

父がまだこたえないうちに、また電話が鳴った。呼《よ》び出《だ》し音《おん》から、今回も店のほうにかかってきたものだとわかった。

「はい、樋口《ひぐち》生花店です」

父は電話に出ると表情をかたくして、すぐに電話を切った。

「なによ？　どうしたのよ？」

「無言電話なんだよ。このごろはいたずら電話なんてめったになかったのに、めずらしいな」

父がそう話した直後、またしても電話が鳴った。今回も店からの転送で、しかも、また無言だったらしい。

結局、その後も電話は鳴り続けた……。

落ち着かない夕食を終えて、ドキドキしながら自室にもどった美晴《みはる》は、机《つくえ》に置きっぱなしにしていたスマホを手に取った。

いそいでSNSをチェックする。

「……うそでしょ」

すごい数のコメントが届《とど》いていた。

『燃料投下キターーーー』と言いながら、先ほど美晴《みはる》がアップした反論《はんろん》に対して、美《み》晴《はる》の非常識さや、コメントの内容を責めたてるものばかりが続いている。

どうやら、美晴《みはる》が反論《はんろん》したことで、火に油をそそいでしまったようだ。

「ちょっと、やめてよ……。どうして、わたしが攻撃《こうげき》されなくちゃいけないわけ？　まさか、さっきから続いている無言電話もこの人たちが……」

いよいよ怖《こわ》くなった美晴《みはる》は、ＳＮＳのアカウントそのものを削除《さくじょ》することに決めた。

これまでにアップしてきた記事や写真が消えてしまうけれど、これでひと安心だ。もう、とやかく言われることもないだろう。

しかし、階下では、相変わらず電話が鳴りひびいている。

電話応対した父が「はっ？　消してもむだですよって、なんのことを言ってるんですか？　ちょっと、あなた。ねぇ？」と問いただしている声が聞こえた。

美晴《みはる》はベッドに倒《たお》れこむと、両手を耳にあてて、ぎゅっと目をつぶった。

5 火《ひ》種《だね》

美晴《みはる》がベッドの上で体をこわばらせて、いたずら電話にたえていたそのころ、美晴《みはる》や紗知《さち》やS高生が暮《く》らす街から数百キロ離《はな》れたところで、ほくそえんでいる男がいた。

「炎上屋《えんじょうや》」だ。

ネット上で炎上《えんじょう》させられそうなネタをさがしてきては、SNSや掲示板《けいじばん》にのせて、火がつくようにけしかける人物。

「ばーか。もう遅《おそ》いっつーの。今さら『わたし関係ありません』なんてアピールされてもねぇ。それで退場できるとでも思ったわけ？　こんなときのために証拠《しょうこ》なら取ってありますから」

男は独《ひと》り言《ごと》を言うと、常日頃《つねひごろ》から出入りしている掲示板《けいじばん》を開いた。S高生の落書き写真と、今日になって美晴《みはる》がSNSに出した反論《はんろん》のコメントを、適当なあおり文句と一緒《いっしょ》にはりつけていく。

男はこれまで美晴《みはる》となんのつながりもなかったが、たまたまネットで「S高生落書き事件」の拡散《かくさん》記事を見つけて、目をつけた。その数時間後、『S高生落書き事件』のまとめサイトをつくってS高生をなじるようしむけたのも、この男だ。

炎上屋《えんじょうや》の男が予想したとおり、まとめサイトは多くのネット住民の目にとまることとなった。『特定はよ！！！』『ここはひとつ校長の土下座《どげざ》ヨロｗｗｗ』『名門校がどんだけ頭いい謝罪文を書けるか見ものだな』『謝罪なんていいから、さっさと犯人を退学させろよ！！！』など、適当なタイミングであおってやると、ネット住民たちの注目は、S高生の個人情報からS高校の対応へ、そして、S高生の自主退学をあおるものへとかわっていった。

これだから、ネットはおもしろいんだ。自分のコメントひとつで、掲示板《けいじばん》の風向きなんて自在にあやつることができる。

男は、自分の思いどおりに炎上《えんじょう》が始まり、当事者の個人情報が特定されて、不特定多数のネット住民からたたかれるのを見ていると、まるで自分の思うとおりにこの世界が動いているような万能感にひたることができた。自分がネットという世界を動かしている「神」であるかのように感じられるのだ。

S高校のお詫《わ》び文《ぶん》で、今回の炎上《えんじょう》が終わりになるわけではなかった。

炎上屋《えんじょうや》とは、もともと火などなかったところに、わざわざ火をつけてまわる者のこと。いったん火がつけば、おもしろがって、その火がさらに大きくなるようにしむける炎上屋《えんじょうや》はおおぜいいる。


——落書きを傍観《ぼうかん》してた投稿者《とうこうしゃ》は、犯人と同じ高校なの?

——投稿者《とうこうしゃ》の特定はよ!!!

——S高生が不登校とかマジ？？
——落書きを見て見ぬふりをするなんて、サイテーだな
——傍観《ぼうかん》してた時点で投稿者《とうこうしゃ》も同罪

こういった発言が出たことで、ネット住民の論調《ろんちょう》はちがう方向にかたむいていった。

それまではS高生二人を責めていたが、今度はそのS高生に同情が集まり、反対に、炎上《えんじょう》のきっかけとなる写真をアップした女子高生が責められるようになったのだった。

いよいよ自分の立場が危《あや》ういことに気づいた女子高生は、今になって自身のSNSのアカウントを削除《さくじょ》したようだ。でも、すでに手遅《ておく》れだった。しかも、アカウントを削除《さくじょ》する直前に反論《はんろん》をこころみるなどと、火に油をそそぐような「燃料投下」までしていたのだ。

「くくく。ばかな女が」

炎上屋《えんじょうや》の男はショルダーバッグを手にすると、パソコンの前から離《はな》れた。

この先はスネークや特定班《とくていはん》がどうにかしてくれるだろう。

「スネーク」とは、ターゲットとなっている人や事件を潜入捜査《せんにゅうそうさ》する人物を、「特定《とくてい》班《はん》」とは、個人を特定してさらすのを得意とする人物を意味している。要は、炎上屋《えんじょうや》がぶら下げておいたいけにえにくらいついてくる、腹《はら》をすかせた肉食獣《にくしょくじゅう》だと思えばいい。

ネット空間には、こんな魑魅魍魎《ちみもうりょう》が跋扈《ばっこ》しているのだ。

「ちょっとバイト行ってくるわ」

男は、台所で洗《あら》い物《もの》をしていた母親にひと声かけると、スニーカーに足を入れた。

「今日は何時までなの？　ごはんは家で食べるのよね？」

「……………」

「今年は大切な就活《しゅうかつ》の年なんだから、バイトもほどほどにしておかないと。適当なところでやめさせてもらうように店長に話しておきなさいよ。大学の卒論《そつろん》だってあるんでしょう？」

「……」

まったく、リアルな世界は面倒《めんどう》くせぇな。

あー、早く帰ってネットしてー。っていうか、ネットだけして生きていきてー。スネークたちがどこまでやってくれるか見ものだな。せいぜいオレを楽しませてくれよ。

「ちょっと、なにに笑ってるのよ？」

男は背中越《せなかご》しに聞こえた母親の声を無視《むし》して、家を出た。

❖

はげ散らかしたオッサンがえらそうにしやがって。わりばしを入《い》れ忘《わす》れたくらいでクレームつけるなっての。トイレを借りるときは店員にひと声かけてから行けよ。張り紙してあんだろ、読めねぇのかよ。まったく、どいつもこいつもクソばっかだな。

「あー、むしゃくしゃする。バイトやめてぇ。……おっ」

コンビニでのアルバイトを終えた炎上屋《えんじょうや》の男がスマホをチェックすると、ある掲示《けいじ》板《ばん》がおもしろいことになっていた。

スネークがやってくれたようだ。例の女子高生と同じ町に住んでいるやつがこっそり自宅《じたく》へ突撃《とつげき》し、写真を撮《と》ってアップしたようだ。

一応、位置情報は消されているから、その写真だけでは女子高生の自宅《じたく》までは限定できないが、『すげぇぇぇぇぇぇ』『やるな!!!!』『次は現場からの中継《ちゅうけい》よろしく』などと、掲示板《けいじばん》にはスネークを称賛《しょうさん》するコメントがならんでいた。

特定班《とくていはん》も活躍《かつやく》してくれたようだ。適当なキーワードを入れて検索《けんさく》をかけると、女子高生の父親が経営している花屋の名前と電話番号がヒットした。

今ごろ、店の電話は鳴りっぱなしにちがいない。暇《ひま》をもてあましているやつ、ネットだけが生きがいのやつ、そこで憂《う》さ晴《ば》らしをしようともくろんでいるやつなんて、ここには腐《くさ》るほどいる。

――S高生が落書きしてるのを傍観《ぼうかん》してた女子高生がもう一人いるんだってな？

――中学のときからの親友らしいｗｗｗ

――二人は近くに住んでるってことでOK？

男はいくつかのコメントを読むと、すかさず自分も書きこんだ。

――クズの親友はしょせんクズ。ついでだから*凸《とつ》しちゃえよ。二人セットで反省してもらおうぜ

そして、最後にもう一度、あおってやった。

凸《とつ》……突撃《とつげき》。相手の家・会社や、現場に行くこと。凸撃《とつげき》とも。

——凸撃《とつげき》祭りだ、わっしょい、わっしょい！


「くっ……くくくく。あっはははは！」

これで、今から数時間後には、女子高生の親友という新たなターゲットが、突如《とつじょ》として燃え始めた火の手にあわてふためいていることだろう。

そいつがネット住民からの攻撃《こうげき》に戸惑《とまど》っている姿《すがた》を想像すると、今日一日、バイト先であったいやなことなど、一瞬《いっしゅん》にして吹《ふ》き飛《と》んでいくようだった。

「炎上《えんじょう》最高っ！　あはははは っ」

炎上屋《えんじょうや》の男は腹《はら》を抱《かか》えて笑った。

6 延焼《えんしょう》

ピンポーン！

インターホンの音に、リビングでテレビを見ていた紗知《さち》の肩《かた》はビクッとふるえた。

「お隣《となり》さんだったよ。回覧板《かいらんばん》だってさ」

応対した父は回覧板《かいらんばん》をかかげながら笑ってみせたが、ここ数日、紗知《さち》は電話のベルやインターホンの音に過剰《かじょう》反応してしまう。

すべては、ＳＮＳの「逆炎上《ぎゃくえんじょう》」がきっかけだ。

友人の美晴《みはる》がＳＮＳにアップしたＳ高生の落書き写真……。それを発端《ほったん》に始まった炎上《えんじょう》事件は、その対象をＳ高生から美晴《みはる》へ、そして、ついには紗知《さち》へと飛び火しながら燃え続けていた。

紗知《さち》と美晴《みはる》がどこの高校に通っているかは、以前に美晴《みはる》がSNSにアップした制服《せいふく》姿《すがた》の写真がきっかけで、あっという間にばれてしまった。数日前からは、学校の職員室には説教めいたクレームの電話ばかりかかってくるようになった。理由は、S高生を追いつめた罪だとか。そういう人たちは、落書きしていたS高生への注意をおこたったのが元凶《げんきょう》であって、あのとき、紗知《さち》と美晴《みはる》が写真など撮《と》らずにきちんと対応していれば、S高生は落書きをやめただろうし、食堂のおばちゃんも悲しまずにすんだというのだ。それを黙殺《もくさつ》した紗知《さち》と美晴《みはる》は、世間知らずで非常識。中には、エリートであるS高生をねたんで計画的に炎上《えんじょう》させたにちがいないとか、自分よりすぐれた人間の足を引っぱって笑いものにしている最低な人間だとか、前途《ぜんと》あるS高生の未来を台なしにしたクズだとまで言う人もいた。

今のところ、紗知《さち》の自宅《じたく》へはいたずら電話はかかってきていないが、商売をしている美晴《みはる》の家は「電凸《でんとつ》」なるいやがらせを受けているようだ。おとといの学校帰り、美《み》晴《はる》は「通りすがりの高校生にカメラを向けられた気がする」と言って青ざめていた。

「出歩くのが怖《こわ》い」と言って、今日は学校も休んでいる。街を行き交うだれもかれもが自分を見てくるような気がして、気が休まらないらしい。

紗知《さち》のスマホには、そんなメッセージが美晴《みはる》から届《とど》いていた。

紗知《さち》がぼんやりとテレビを見ていると、

「ほら、そろそろ着替《きが》えないと。今日は塾《じゅく》の模試《もし》があるんだろう?」

と父に言われた。

「休んじゃおっかな。どうせ美晴《みはる》も来ないだろうし」

塾《じゅく》の先生は、今の実力を知るためにも模試《もし》は受けたほうがいいと言っているけれど、こんな状態ではとても集中できそうにない。

「だめだ。いつもどおりに生活すると約束したはずだぞ」

「そんなこと言ったって……」

炎上《えんじょう》してから、美晴《みはる》はＳＮＳで反論《はんろん》したり、ＳＮＳのアカウントそのものを削除《さくじょ》したり、学校も休むなりして、抗議《こうぎ》と防御《ぼうぎょ》の姿勢《しせい》を見せている。

一方、紗知《さち》は、出版社に勤《つと》めている父から、絶対にそういうことをしてはいけないと言われていた。

確かに、Ｓ高生をその場で注意しなかったのはよくなかったかもしれない。だからといって、言《い》い訳《わけ》をしたり、卑屈《ひくつ》な態度を見せたりしては、おもしろがってたたいているネット住民たちの思うつぼだと父は言うのだ。以前、週刊誌《しゅうかんし》の特集でネットの炎《えん》上《じょう》事件を取り上げたことがあるらしい。父は、こんなときだからこそ、堂々と、いつもどおりに生活していかなければいけないと言うのだった。

紗知《さち》のＳＮＳにも、知りもしない人たちから悪意のあるコメントが送りつけられてくることがある。それでも、父に言われたとおり、いっさい相手にしていないせいか、少しずつその勢いは弱まってきていた。

「こんなときに無理に行かせなくてもいいんじゃないかしら？　紗知《さち》の身に何かおきてからじゃ遅《おそ》いでしょう」

台所から、母の心配そうな声が飛んできた。

「それなら、今日は特別に塾《じゅく》まで送《おく》り迎《むか》えしてやるよ。そうすれば安心だろ？　塾《じゅく》で何かあったら、すぐに先生に言えばいいから」

父の目は真剣《しんけん》で、とても「いやだ」とか「行きたくない」とは言えなかった。

「わかったよ。行けばいいんでしょ」

結局、紗知《さち》はいつもどおりに家を出た。

7 火傷《やけど》

塾《じゅく》へ向かう車の中で、紗知《さち》はスマホをいじっていた。もちろん、一連の炎上《えんじょう》事件に関する掲示板《けいじばん》をチェックするためだ。

ネット上には、新たに、「なまいきな女子高生に鉄槌《てっつい》をくだすスレ」なるものが立っていた。美晴《みはる》のことにちがいない。

『わたしが何をしたって言うんですか?』『みんなも最初はその写真をシェアして、S高生のことを責めてましたよね?』『どうして、今さら、わたしがたたかれなくちゃいけないのかなぁ』『上から目線でお説教してくる人とか、はっきり言って迷惑《めいわく》です』などといった、美晴《みはる》の書きこみらしきコメントが拡散《かくさん》されている。

――本人降臨《こうりん》！！！！

――燃料投下キターーーーーーーッ

――まるで反省の色が見えないなｗｗｗ

――だれか、このアフォな女子高生にお灸《きゅう》すえてください

――父親の勤《つと》め先《さき》まで凸《とつ》するような男気あるやつ、いねぇの？

――女子高生のご尊顔《そんがん》希望

父が話していたとおりだ。ネットで反論《はんろん》したのがあだとなったのだろう。ネット住民たちはすでに削除《さくじょ》されたはずの美晴《みはる》のSNSを画像として拡散《かくさん》し、ネットからひろってきた美晴《みはる》の顔写真までさらしていた。

紗知《さち》はこれまで、ネットは身近な人とつながる便利なツールだと思っていた。そこへ行けば、だれかしら友だちがいて、楽しくコミュニケーションできる。そういう空

間だと思っていた。

けれど、実際のネットは果てしなく広く、そして深かった。いったん広がり始めると、自分の手には負えないところまで広がっていく無限空間だということを、今回の一件で痛感《つうかん》した。

知らず知らずのうちに、ため息がこぼれていたらしい。

「どうした？　もしかして、また掲示板《けいじばん》を見てるのか？」

運転席から、父の声がした。

「まあね」

「ネットの書きこみばかり気にしていたら精神的によくないぞ。それよりは、本当に自分たちに落ち度がなかったか、しっかり考えてみたらどうだ？　反省すべき点が見つかったらあやまる。できるだけ早くな。ほら、よく『鉄は熱いうちに打て』っていうだろ？」

父が言うには、あやまるときのポイントは三つあるという。まず、言《い》い訳《わけ》をしないこと。そして、絶対に責任転嫁《てんか》しないこと。もうひとつは、できるだけ早期にあやまること。

紗《さ》知《ち》がまず反省したのは、ネット空間をあまく見ていた点だった。『S高生かわいそう』『そもそも写真を撮《と》ってアップしたのってだれだよ？』『落書きを傍観《ぼうかん》してた時点でそいつも同罪！』といった声がネット上で高まっていくのを目にしても、自分たちまではたどりつかないだろうと油断していた。自分は大丈夫《だいじょうぶ》という、根拠《こんきょ》のない自信を持っていた。

きっと、美晴《みはる》もそうだったにちがいない。だからこそ、S高生の写真をアップしたのだろうし、火に油をそそぐような反論《はんろん》もしてしまったのだろう。

こうなったら、あやまるしかないかもしれない……。

ただ、あやまるといっても、「ごめんなさい」「すみません」「わたしが悪かったと思っています」という程度の言葉しか、紗知《さち》には思いうかばなかった。

美晴《みはる》はどうだろう？

今でも、本心から、自分は悪くなかったと思っているだろうか？

「土曜日だから国道が混んでるなぁ。そこの信号を右折して裏道《うらみち》を行くか」

そうつぶやいた父に向かって、紗知《さち》は言った。

「ねえ、お父さん。今から美晴《みはる》の家まで行ってくれない？」

8　鎮火《ちんか》

『あの日、わたしは、なにげない気持ちからS高生の落書き現場を写真に撮《と》ってしまいました。落書き現場に居合わせたにもかかわらず、その場できちんと注意できなかったのは、わたしたちに勇気がなかったからです。さらに、その際の写真を軽はずみにSNSにアップしたことで、S高生やS高校にも迷惑《めいわく》をかけてしまいました。それ以外にも、今回の件ではたくさんの人をさわがせてしまい、本当に申《もう》し訳《わけ》ないことをしたと反省しています。二度とこのようなことがおきないように、これからは、写真のあつかいやSNSでの発言には気をつけます。今回のことはどうか許してください。

みなさん、本当にごめんなさい。

S高生の写真をUPした女子高生より』

美晴《みはる》は、紗知《さち》と一緒《いっしょ》に考えた謝罪文に最後にもう一度目を通すと、「投稿《とうこう》」をタッチした。

以前のアカウントは削除《さくじょ》してしまったので、新しくアカウントをつくった。

一瞬《いっしゅん》の間があいて、先ほどの謝罪文がSNSに反映《はんえい》される。

ようやく謝罪文が自分たちの手から離《はな》れたという安堵感《あんどかん》と同時に、これでもう後もどりはできないのだという恐怖心《きょうふしん》にも似た緊張《きんちょう》が美晴《みはる》の体をつらぬいた。

紗知《さち》のお父さんからは、しっかりと反省をして謝罪文を出したら、あとは何を言われても聞き流すようにとアドバイスされた。中には揶揄《やゆ》するようなコメントを送りつけてくる人もいるだろうけど、いちいち相手にしてはいけないと。

謝罪文をアップしたあと、美晴《みはる》は紗知《さち》とつれだって、あの日の商店街へ向かった。

「夕貴《ゆうき》が言ってたんだけど、S高生の二人は少し前から学校に来てるみたいだよ」

交差点で立ち止まると、紗知《さち》が美晴《みはる》に教えてくれた。

一時期は、ネットでも『自主退学か?』『ウツで通院だって?』『このまま人生からフェードアウトしそうだな』などとさわがれていたので、二人が学校にもどってきたと聞いて、美晴《みはる》は心底ほっとした。

「着いたね」

美晴《みはる》はそう言うと、まじまじと目の前の光景を見つめた。

うわさには聞いていたけれど、あの食堂のシャッターはすっかりきれいになっていた。あの日、写真におさめた張り紙も見あたらない。油でよごれた換気扇《かんきせん》の向こうからは、醤油《しょうゆ》の甘辛《あまから》いにおいがただよってくる。

「ところで、美晴《みはる》はいつまで学校を休むつもり?」

同じように食堂のシャッターを見ていた紗知《さち》が美晴《みはる》に聞いてきた。

「行こうよ、学校」

と紗知《さち》。

S高生は復学した。食堂のおばちゃんも以前のように店を切《き》り盛《も》りしている。美晴《みはる》も紗知《さち》も反省して、SNSに謝罪文をのせた。

「……うん。そうだね」

美晴《みはる》は小さな声でつぶやくと、大きく息を吸《す》った。

もうすぐ春休みが始まる。春休みが終わったら、いよいよ高校三年だ。

そう思った瞬間《しゅんかん》、心にひゅんと風が吹《ふ》きこんできたような、爽快《そうかい》な気持ちになった。

解　説

ITジャーナリスト　高橋暁子

◎ネット上の投稿《とうこう》は悪意がある人に見られる可能性がある

紗知《さち》は、美晴《みはる》が炎上《えんじょう》するまで、ネットは身近な人とつながる便利なツールだと感じていました。そこへ行けば、誰《だれ》かしら友だちがいて、楽しくコミュニケーションできる空間であると。しかし炎上後《えんじょうご》、実際のネットは果てしなく広く、そして深いと考えをあらためます。

炎上《えんじょう》を経験した人のほとんどは、同じことを感じています。友だちだけに見せるつもりで、友だちにウケるようなことを投稿《とうこう》したつもりが、悪意がある人に発見されると、炎上《えんじょう》させられてしまうことがあります。本作でいう「炎上屋《えんじょうや》」のような人は少なくないのです。

実は、ほとんどのSNSへの投稿《とうこう》は、検索《けんさく》サービスの検索《けんさく》対象となるうえ、フォローしていなくても見ることができます。悪意がある人は、炎上《えんじょう》させようと積極的に炎上《えんじょう》ネタを探《さが》しています。見つけられてしまったが最後、美晴《みはる》のように炎上《えんじょう》してしまうケースは多いのです。美晴《みはる》は落書きを黙《だま》って見ていたということで炎上《えんじょう》させられてしまいました。このように、それだけでは罪といえない場合でも、炎上《えんじょう》させられてしまうことがあるので注意が必要です。

これを防ぐためには、そもそも問題ある投稿《とうこう》はしないように注意するとともに、友だちになる相手を実際の知り合いに限定したり、投稿《とうこう》の公開範囲《はんい》を友だち限定にしたりするといいでしょう。

◎一度ネットに投稿《とうこう》した情報は基本的に削除《さくじょ》できない

美晴《みはる》は炎上後《えんじょうご》、SNSアカウントを削除《さくじょ》していました。しかし、投稿《とうこう》した内容を誰《だれ》かが画像などで残していると、削除後《さくじょご》も閲覧《えつらん》できる状態が続きます。また、それを保存《ほぞん》する人が増えれば、元の投稿者《とうこうしゃ》の意思とは無関係に再投稿《さいとうこう》されるため、事実上、削除《さくじょ》は不可能です。ネットへの投稿《とうこう》は、基本的に削除《さくじょ》できないと思って慎重《しんちょう》におこないましょう。

◎非難《ひなん》されたら、反論《はんろん》したり言《い》い訳《わけ》したりせずに謝罪する

紗知《さち》の父が言ったあやまるときの三つのポイント「言《い》い訳《わけ》をしないこと」「責任転嫁《てんか》しないこと」「できるだけ早期にあやまること」は重要です。万が一、問題ある投稿《とうこう》をしてしまった場合は、ぜひこの三つを忘《わす》れずに実行してみてください。

あとがき

NHK「オトナヘノベル」番組制作統括　小野洋子

知らない人とつながれるSNSの楽しさは無限大です。でも、何気《なにげ》ないひと言が誰《だれ》かを傷《きず》つける可能性があることを想像したことがありますか？　顔が見えないからこそ、ちょっとした誤解《ごかい》がトラブルを招くのです。「炎上屋《えんじょうや》」という、炎上《えんじょう》ネタを探《さが》すプロみたいな人にターゲットにされたらひとたまりもありません。この本の小説は実例をもとにつくられていて、主人公は全員、どこにでもいる学生たちです。つまり、あなた自身が巻《ま》き込《こ》まれる可能性もゼロではないのです。小説に描《えが》かれた炎上《えんじょう》や逆炎《ぎゃくえん》上《じょう》の手口も、どんどん巧妙《こうみょう》になっていくでしょう。あなたがこの本を手にとっているころには、新たなネットトラブルが話題になっているかもしれません。取材したある大学生は「大事な会合などでは写真をSNSにアップしない」と事前にみんなで約束するそうです。ちょっとした注意、それが結構大切なのかもしれませんね。

この本の物語は体験談をもとに作成したフィクションです。登場する人物名、団体名、商品名などは、一部を除き架空のものです。

〈放送タイトル・番組制作スタッフ〉

「拡散！カップル動画のキケン」（2016年4月14日放送）
「突然の“炎上”～そのとき どうする!?～」（2015年4月2日放送）
「逆炎上 そのときどうする!?」（2016年3月3日放送）
プロデューサー……渡邉貴弘（東京ビデオセンター）
　　　　　　　　　伊槻雅裕（千代田ラフト）
ディレクター………内藤 瞬、岡安将司（東京ビデオセンター）
　　　　　　　　　小林純也（千代田ラフト）
制作統括……………小野洋子、錦織直人

小説編集……………小杉早苗、青木智子

編集協力　ワン・ステップ
デザイン　グラフィオ

NHKオトナヘノベル　SNS炎上

初版発行　2017年1月

編　者　NHK「オトナヘノベル」制作班
著　者　長江優子、如月かずさ、鎌倉ましろ
装　画　げみ

発行所　株式会社 金の星社
〒111-0056　東京都台東区小島1-4-3
電話　03-3861-1861（代表）
FAX　03-3861-1507
振替　00100-0-64678
ホームページ　http://www.kinnohoshi.co.jp

印　刷　株式会社 廣済堂
製　本　牧製本印刷 株式会社

NDC913　208p.　19.4cm　ISBN978-4-323-06211-2